孤独な深窓の令嬢はギャルの夢を見るか

九曜

「そりゃあ呼ばれたからな」
赤《あか》沢《ざわ》公《きみ》親《ちか》

「やっぱりきてくれましたね」
野添瑞樹《のぞえみずき》

「ん？　なに見てんだ？」
榛原《はいばら》セレナ

「野添さんにだけは近づかないで!」
日《くさ》下《か》比《ひ》奈《な》子《こ》

学校では深窓の令嬢、
夜のコンビニではギャル
相反する姿の少女と過ごす
穏やかな日々——。

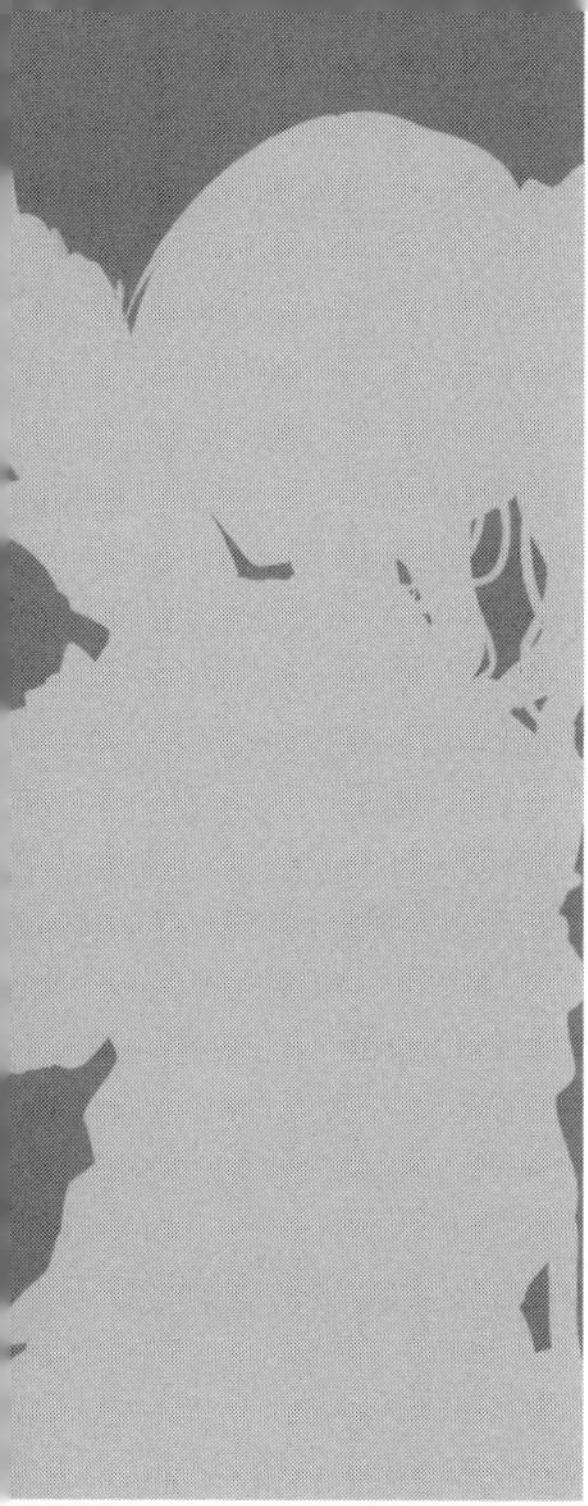

孤独な深窓の令嬢は
ギャルの夢を見るか

九曜

illustration
椎名くろ

赤《あか》沢《ざわ》公《きみ》親《ちか》

とある「事件」がきっかけで
人付き合いがほとんどない
学校生活を送っている。
口癖は「正しい」

野《の》添《ぞえ》瑞《みず》希《き》

深窓の令嬢然とした
公親のクラスメイト。
いいところのお嬢様だが、
ギャルになりたい。

榛《はい》原《ばら》セレナ

公親と関わろうとする
物好きなクラスメイト。
サバサバとした男前な女子。

神《かみ》谷《や》竜《りゅう》之《の》介《すけ》

公親と関わろうとする
物好きなクラスメイト。
女子のファッションに興味がある男子。

日《くさ》下《か》比《ひ》奈《な》子《の》

瑞希に心酔するクラスメイト。
瑞希への強い思い故に
公親を敵視する。

プロローグ

深窓の令嬢と表現される少女がいるとすれば、きっとそれは彼女のことなのだろう。

彼女を見たとき、まず最初に日本人離れした明るいブラウンの髪が目を引く。しかも、周囲の女子よりも群を抜いて容姿が端麗で、おそらく範囲をこの学校全体に広げても彼女に比肩《ひけん》しうる同性はいないだろう。

静かで落ち着いた雰囲気を身にまとい、その髪の色とも相まって休日は洋館の窓辺で本を読んで過ごすのが似合いそうな美少女——。

まさしく深窓の令嬢だ。

名前を野添《のぞえ》瑞希《みずき》という。

彼女は決して派手なほうではなく、リーダーといったタイプでもない。

だけど、人が集まってくる。

つい先ほど終礼が終わって放課後になった今も、担任の先生が教室を出るか出ないかのうちに何人かの女子生徒が我先にと野添《のぞえ》のもとに寄っていった。

「ね、野添《のぞえ》さん。これからさ、駅前のモールに行かない？　夏の新作が入ってるって話なの」

女子のひとりが誘う。

夏の新作とはファッション界隈《かいわい》の話だろうか。つい先日ゴールデンウィークが明けたというのに気の早いことだ。

しかし、対する野添《のぞえ》の答えは、残念ながら彼女たちが期待していたものではなかった。

「すみません。今日は用事があるので……」

丁寧な口調でやんわりと断ると、野添《のぞえ》はちょうどそばを通りかかった僕をちらと見た。

かすかに目が合う。

用事、ね――僕は納得し、教室を出た。

§§§

夕食を家にあるものですませ、時間を確認するともうあと十分ほどで午後八時だった。

「さて、そろそろ行くか。ちょうど外のコーヒーが飲みたかったし」

誰に聞かせるわけでもなく僕は言う。

勉強の手をとめ、家を出た。夜道を歩いて向かったのは近所のコンビニだ。レジでコーヒーを注文し、何枚かの硬貨を代金にカップを受け取ると、サーバーでコーヒーを淹《い》れてからイートインに腰を下ろした。

ひと口飲み、入り口に目をやる。と、ちょうど自動ドアが開くところだった。

入ってきたのは女の子だ。黒地にピンクの英字がプリントされたビッグシルエットのシャツにショートパンツといった姿。髪はアップにしてまとめられているが、そのボリュームを見るに下ろせばかなりの長さであろうことが容易に想像できた。メイクもやや濃いめ。いわゆるギャル系ファッションに分類されるスタイルだ。

彼女は入ってくるなり真っ先に僕がいるイートインに目を向けた。僕の姿を認め、嬉《うれ》しそうに笑みを見せる。

「こんばんは、赤沢《あかざわ》さん」

そして、この僕——赤沢公親《あかざわきみちか》に挨拶を投げかけてきた。

彼女の名前は野添瑞希《のぞえみずき》。

そう、教室で深窓の令嬢然としていたあの女子生徒だ。

まさか彼女がこのようなファッションに身を包み、夜のコンビニで僕と会っているなど誰が思うだろうか。

　僕は彼女に軽く手を上げて応えた。

「先に何か買ってきたら？」

　ここはイートイン。店で商品を買ったもののみ座る資格がある場所だ。尤《もっと》も、ふたりそろって何も買っていないのなら兎《と》も角《かく》、僕のつれ合いということで長居さえしなければそうそう怒られることもないだろう。

「そうですね。ちょっと行ってきます」

　野添《のぞえ》はくすりと笑うと、踵《きびす》を返《かえ》した。売り場のほうへと向かう。

　程なくして彼女は、僕が持っているのと同じカップを手にして戻ってきた。隣のイスに腰を下ろす。

「やっぱりきてくれましたね」

　と、野添《のぞえ》。

「そりゃあ呼ばれたからな」

「言葉にしてないのに？」

　それは問いかけのかたちをした期待だった。

「慣れた。でも、次からは言葉にしてくれ。僕が見逃したらどうするんだ」

「大丈夫です。ちゃんと伝わってると信じてました」

　野添《のぞえ》は得意げに微笑《ほほえ》む。

僕たちは諸事情により学校でおおっぴらに言葉を交わすことができない。だからLINEのIDも交換してあるというのに、それを使わずにそんな不確実な方法をとる必要がどこにあるのか。

「その服、初めて見るな」

話題を変えて僕がそう指摘すると、彼女はよくぞ気づいたとばかりに目を輝かせた。

「夏の新作です。ネットで買いました」

「ああ」

僕はそのフレーズにピンとくる。

「それで誘いを断ったのか」

ネットでひと通りチェックしているのなら行く理由はない。

と、想像したのだがどうやらそれは少しちがったようで、野添《のぞえ》は恥ずかしそうに言う。

「それもありますが、今日は赤沢《あかざわ》さんとこうして話がしたかったので」

「だったら行けただろう」

僕とここで会うのは決まって午後八時。放課後にクラスメイトと駅前のショッピングモールを回る程度なら、この時間までもつれ込むことはまずないだろう。どちらかを排除する必要があるとは思えない。

「この服を早く赤沢《あかざわ》さんに見せたかったんです」

心なしか怒っているふうの野添《のぞえ》。

理由になっているようでなっていないが、もうおいておこう。

「寒くないか？」

ゴールデンウィークも過ぎ、もう初夏と言っていいような季節だが、日が暮れて夜になってしまうとまだ肌寒く感じる。僕も部屋ではTシャツ姿だったが、ここにくるにあたっては上に一枚羽織って出てきた。

「いいんです」

返ってきたのはそんな言葉。暑さ寒さよりファッションを重視しているようだ。

しかし、次の瞬間だった。

「くしゅ」

野添《のぞえ》の口から小さなくしゃみが飛び出した。ほら言わんこっちゃない、と僕は言いかけたが、その言葉を呑み込む。

結果、沈黙が下りた。

やがて野添《のぞえ》が先に口を開く。

「いいんです」

「何も言ってないだろ」

言いそうにはなったが。

学校では深窓の令嬢然として大人っぽく落ち着き払っているというのに、この振れ幅の大きさは何なのだろうか。

「それにしても、今の野添《のぞえ》の姿を写真に撮って見せたら、みんな驚くだろうな」

そして、大きなギャップがもうひとつ。彼女の服装だ。

野添《のぞえ》は落ち着いたデザインの服を着そうな雰囲気だが、実際にはギャル系ファッションを好む。そんなことはきっと誰も想像はしないだろうし、もっと言えば望まないだろう。

ここでだけの彼女の姿。

「や、やめてくださいっ」

「冗談だよ」

僕がイートインのテーブルの上に置いたスマートフォンに手を伸ばす素振りを見せると、野《の》添《ぞえ》はわたわたと慌てながらその手を上から押さえようとする。が、僕のひと言でぴたりとその動きをとめた。

「もう。赤沢《あかざわ》さんも冗談を言うんですね」

彼女はばつが悪そうに手を引っ込め、少し拗《す》ねたように口を尖《とが》らせた。

「普通これくらい言うと思うけど？」

「ええ、言いますね、『普通』」

そして、今度は可笑《おか》しそうに笑った。

なぜ僕と野添瑞希《のぞえみずき》がこんなことになっているかというと、それは新年度のはじまりにまで遡る――。

第1章　深窓の令嬢の夜の顔

1

それは新年度の一学期がはじまってすぐのことだ。

新年度といっても二年生ともなれば新鮮味はほとんどない。ここ私立桜ノ塚高校は進学校なので始業式の翌日からさっそく授業がはじまる。自己紹介と鉄板ネタで最初の授業を潰してくれるような先生はごくわずかだ。

その日の授業と終礼がつつがなく終わると、僕はノートや筆記用具をスクールバッグに放り込んで帰り支度をする。席を立つと野添《のぞえ》の周りに何人かの女子が集まっているのが見えた。

自分とは大違いだな――と、僕は内心で自嘲する。

誰にも声をかけることなく、そして、誰からも声をかけられることなく教室の出口へと歩を進めていると、野添《のぞえ》と周りの女子たちの話し声が耳に入ってきた。

「ね、野添《のぞえ》さん、昨日発売のこれ、もう見た？」

「いいえ、まだですが」

答える野添《のぞえ》はクラスメイトが相手でも言葉遣いが丁寧だ。彼女のイメージ通りと言えばそうなのだろう。

「いいのあったんだー。……あ、これこれ。これなんか野添《のぞえ》さんにいい感じ」

「どうでしょうか」

野添《のぞえ》は自信なげに曖昧な返事をする。尤《もっと》も、この服が似合うと勧められたところで、着もしないで確かにと即答できる人間はいないだろうから、彼女のこの反応も至極当然だ。

「ほら、春休みにみんなで遊びにいったときもこんな感じだったし、絶対に似合うって」

相手はなおも勧めてくる。きっと彼女の中ではその服を着た野添《のぞえ》のイメージが出来上がっているのだろう。

「あ、これ……」

ふと野添《のぞえ》が何かに気づいた。

「ああ、それはセラがナチュラブとコラボするって記事ね。……野添《のぞえ》さんもこういうの気になるんだ」

「ええ、少し……」

野添《のぞえ》は恥ずかしそうにうなずいた。

僕の記憶によれば、ナチュラブは十代の少女をターゲットにしたギャル系ファッションのブランド『ナチュラル・ラブ』のこと。セラは確か、高校生モデルの名前だったはずだ。

話を総合すると、セラがデザインしたアイテムがナチュラル・ラブから発売される、という

いのに。

ことのようだ。……我ながら妙な知識が身についているな。この分野が趣味というわけでもな
「はいはい。あたしも興味あります」

「やっぱセンスいいよねー、セラは」

そこにさらに何人かの女子が加わり、一気に賑《にぎ》やかになる。

野添瑞希《のぞえみずき》は人気ものだ。彼女の周りには自然と人が集まってくる。輪の中心は常に彼女だ。

「出たら絶対ほしいんだけど、似合うかどうか自信がなくて」

「わかるー！　自分が着ると何かちがうってなるよね」

野添《のぞえ》は優しげな笑みを浮かべながら、ナチュラブとセラの話題で盛り上がる彼女たちを見ていた。

一方、僕はまだまだおしゃべりが終わりそうにない女子たちの横を通り、教室の出入り口へと向かう。

と、その途中、野添《のぞえ》が僕を見たような気がして、そちらに目を向ける――が、別にそんなことはなく、彼女は先ほどと同じように周りの会話に耳を傾けている。どうやら気のせいだったようだ。

§§§§

家に帰り、本を読んで過ごす。

気がつけば時計の針は午後八時少し前を指していて、少々腹が空いていた。残念ながら食べるものがろくになく、夕食を求めて近くのコンビニに行くことにする。

僕はひとり暮らしだ。高校に上がるタイミングで家を離れ、今の学校に入学するためにこの地にきた。そのため生活に必要なことはすべて自分でやらなくてはいけないし、それを怠れば自身に返ってきて、その尻ぬぐいをするのも僕だ。

家を出て、五分ほど夜道を往く。

そうして辿《たど》り着《つ》いたコンビニでのこと。僕が店舗に入ろうとしたのとタイミングを同じくして、ちょうど女の子が出てきた。

歳《とし》は僕と同じくらいか。鎖骨が見えるほどに首周りが大きく開いた黒のトップスに、デニムのショートパンツといった姿。そこまで本格的ではないが、いわゆるギャル系ファッションというやつだろう。ボリュームをつけるようにアップにした髪や要所要所を濃いめにしたメイクもそれっぽさを強調している。

そして、何よりその表情が印象的だった。

どうしても服に目がいきがちだが、彼女はとてもいきいきとしていた。僕は彼女が自分の思うまま、心のまま好きなことをやっているのだろうと感じた。

好きなこととは何だろうか？　服か、メイクか。それともこうして夜のコンビニに買いものにきていることだろうか。それはわからない。だけど、確かに彼女はいきいきとしていた。表情だけではない。在り方そのものがいきいきとしていて、とても印象的だった。

そんな彼女にギャル系の服はよく似合っていた。

少女は目当てのものを買ったからか、上機嫌な様子で店から出てきた。だが、そこで僕の姿を見つけ、わずかに目を見開いた後、すっと視線を逸《そ》らした。

浮かれている姿を見られて恥ずかしかったのだろう――と、最初は思った。

だけど、彼女とすれちがってから気づく。

「ああ、野添《のぞえ》か」

「えっ」

僕はそのまま通り過ぎるつもりだった。でも、彼女が想像していた以上に大きな反応を示したので、思わず振り返ってしまった。彼女もこちらを見ていた。

僕たちは見つめ合う。

「野添《のぞえ》？」

「い、いえ、人ちがいです……！」

どうしたのだろうと思い、呼びかける。と、彼女は慌てたようにそう言い、ぱたぱたと小走りに駆けていったのだった。

「野添《のぞえ》だよな……」

店舗の前の駐車場を横切り遠ざかっていく彼女の背中を見ながら、僕はつぶやく。

今のが野添瑞希《のぞえみずき》であることは間違いなかった。にも拘《かかわ》らず、なぜ彼女は人違いなどと言ったのだろうか？

僕は首を傾《かし》げながら店の中を回り、目についた弁当を手に取った。それを持ってレジへ行ったところであるものを見つける。カードだ。このコンビニで使えるチャージ式の電子マネーのカード。それがレジの前に落ちていた。誰かが会計の際に落としたのだろう。

拾い上げて裏面を見ると、そこには『野添瑞希《のぞえみずき》』と律儀に自筆で署名がされていた。やはり先ほどすれちがったのは野添《のぞえ》だったようだ。

「何か落ちてましたか？」

「いえ、僕が落としただけです」

聞いてきた店員にそう答える。見ず知らずの他人のものなら店に預けるつもりだったが、これが野添《のぞえ》のものであるなら僕から返したほうが早そうだ。

拾ったカードをポケットに押し込み、代わりに財布を引っ張り出す。そうして会計を終えると、僕は家に戻った。

2

翌日。

朝、学校に行くと、教室の前には中に入ろうかどうか躊躇《ためら》っているふうの女の子がいた。野《の》添《ぞえ》だった。

「どうした？」

「え？」

声をかけると、彼女が弾《はじ》かれたようにこちらを振り返った。

「あ、赤沢《あかざわ》さん……」

「入らないのか？」

「でも……」

野《の》添《ぞえ》は言《い》い淀《よど》む。まるで中に入ることを怖《おそ》れているかのようだった。

そこで僕は彼女の顔が青いことに気づく。

「あ、野《の》添《ぞえ》さんだ。おはよー」

「え!?　どうしたの、その顔。大丈夫？」

彼女が心配になったが、僕が気遣うよりも先に野添《のぞえ》の登校に気づいた女子の何人かがバタバタと寄ってきた。やはり顔色の悪さにぎょっとする。

どうやら僕の出る幕ではなくなったようだ。僕は廊下に出てきた女子と入れ違うようにして教室の中に入った。


野添瑞希《のぞえみずき》は決して賑《にぎ》やかな種類の人間ではない。どちらかと言うと、微笑《ほほえ》みながら輪の中心で静かに座っているようなタイプだ。だけど、華やかさがあった。例えるならそこにあるだけで空間に彩《いろどり》を添える美しい花だろうか。

その野添《のぞえ》も朝は顔色が悪かったがすぐによくなったようで、何ごともなく今日という日が過ぎていく。


そうして放課後。

「あの、赤沢《あかざわ》さん……」

担任の先生が連絡事項を伝えるだけの短いホームルームが終わり、下校するべく荷物をまとめていると名前を呼ばれた。野添《のぞえ》だ。

「何？」

「少しお話が……」

そう切り出してきた彼女はやや緊張気味。

むりもない。一年生のときから同じクラスとは言え、入学直後にある件で関わって以来ほとんど話をしていない。いや、話せなかったというべきか。そんな僕に声をかけてきたのだから緊張だってするだろう。

振り返ってみれば、野添《のぞえ》は今日一日ずっと僕を意識していたように思う。話をしたかったができず、いよいよ放課後になって意を決して声をかけたのかもしれない。

「いいよ。何の話？」

「ここではちょっと……」

と、申し訳なさそうに言う野添《のぞえ》。

人がいるところでは話せない内容ということか。僕も彼女に昨日拾ったカードを返す機会を窺《うかが》っていたのでちょうどよかった。

「わかった。場所を――」

「変えなくていい」

不意に声が割って入ってきて、ぴしゃりと言い放った。

それはよく野添《のぞえ》のそばにいる女子のひとりだった。名前は日下比奈子《くさかひなこ》。気の強そうな目が僕を睨《にら》んでいる。

「ダメよ、野添《のぞえ》さん。こんなやつと話したら」

「で、でも……」

「でもじゃなくて。わかってるでしょ。赤沢《あかざわ》と関わったら根来《ねごろ》に目をつけられるって」

彼女は何か言いかけた野添《のぞえ》の言葉を遮る。

それを聞いた野添《のぞえ》はとても悲しそうに目を伏せた。

根来《ねごろ》とは一年生のときの担任の先生の名前だ。定年間際《まぎわ》のベテラン教師で、去年も今年も学年主任をしている。端的に言って怖い。

去年、僕は入学早々その根来《ねごろ》と大揉《も》めに揉《も》めた。以来、僕は根来《ねごろ》から目の敵にされ、同じように目をつけられたくなかったら赤沢《あかざわ》には関わるな、というのがクラスの暗黙の了解になったのだ。

当然、二年に上がる際にクラス替えがあり、僕の担任も根来《ねごろ》ではなくなった。にも拘《かか》わらず、暗黙の了解だけは継承されてしまったのだ。それだけ根来《ねごろ》を怖《おそ》れた、というよりは単に誰かひとりを仲間外れにする遊びが面白かっただけだろう。

「赤沢《あかざわ》も！」

日下《くさか》が僕へと振り返った。

「野添《のぞえ》さんにだけは近づかないで。いいわね！　……ほら、野添《のぞえ》さん、行こ」

彼女は野添《のぞえ》の手を取る。どうやら教室の奥で固まっている女子のグループのところにつれていくつもりのようだ。僕の横をまず日下《くさか》が通り抜けていく。目は合わせないが、すれちがいざま鼻をふんと小さく鳴らした。続けてその彼女に手を引かれた野添《のぞえ》が通っていく。

そのときだった。

「待ってますから」

と、野添《のぞえ》は僕にだけ聞こえる小さな声でそう言った。

§§§

「待っていると言われてもな」

僕は部屋で独り言ちる。

普通に考えて、無視しても許される状況だ。野添《のぞえ》が場所も時間も言わなかったことに加えて、明日になれば教室で顔を合わせる。互いに話しかけにくい立場ではあるが、どうにかならないこともない。

ただ、僕にはできるだけ早く会っておきたい理由があった。例のカードだ。あまり人のものを長く持っておきたくない。

「ヒントはある。いや、正確には唯一無二の答えか」

時計を見ると、ちょうどいい時間だった。

そうしてから開くだけでたいして読めていなかった本を閉じると、ローテーブルの上に置いて立ち上がった。

家を出る。行き先は昨日のコンビニ。時間も同じ、午後八時。

かくして野添瑞希《のぞえみずき》はそこにいた。

昨日の夜、ここで会ったときと同じ恰好《かっこう》でイートインに座っている。学校での深窓の令嬢然とした彼女とは似ても似つかないスタイルだ。目の前には小さなレジ袋。コンビニスイーツでも入っているのかもしれない。

野添《のぞえ》は僕を見ると軽く頭を下げた。

「きてくれたんですね」

その声は緊張気味。

「本当にきてほしいなら時間と場所くらい言ってくれ」

「すみません……」

僕が苦笑交じりに言えば、野添《のぞえ》は申し訳なさそうに項垂《うなだ》れた。尤《もっと》も、あの状況ではあれだけ伝えるのがせいいっぱいだっただろう。下手に具体的な内容にふれたことを言えば邪魔をされかねない。

僕はひとまず先に昨日拾ったカードを野添《のぞえ》に差し出した。

「え？　あ、これ……どうして赤沢《あかざわ》さんが……？」

彼女は受け取ったそれが自分のものだとわかり、目をぱちくりさせる。

「昨日ここで拾った」

「そうだったんですね。今さっきないことに気づいて、帰ったら部屋を探さないとと思っていました。ありがとうございます」

「で、何か話か？」

僕は野添《のぞえ》の横に腰を下ろした。イートインの性質上、何も買っていない僕がここに座ってもいいのかと思ったが、野添《のぞえ》が買っているのでそれでよしとさせてもらおう。どうせこの後、僕も夕食になりそうなものを買うのだし。

「いや、その前に体のほうだな。朝はまだ顔色が悪かったけど、本当にもう大丈夫なのか？」

確かに具合が悪そうだったのはあのときだけだったが、大事をとってこんな夜に出歩かないほうがいいのではないだろうか。

野添《のぞえ》はなぜか押し黙った。

「……それです」

「うん？」

やがて口を開いた彼女の言葉に、僕は首を傾《かし》げる。

「赤沢《あかざわ》さんは昨日ここでわたしと会ったことを誰かに話そうとは思わなかったのですか？　い、

いえ、言いふらすと思っていたわけではなくて、どうしてかなと……」

野添《のぞえ》が声を絞り出すようにして投げかけた問いは、後半言い訳のようなものを追加して次第に不明瞭になっていった。

それは僕にとって奇妙なものだった。どこから「それです」につながったのだろうか。

「僕が野添《のぞえ》と会ったこと？」

「……はい」

彼女はうなずく。

「それは誰かに話すほど特別なことか？」

このあたりは桜ノ塚高校まで歩いて行ける距離ではあるが、学校をはさんで最寄り駅とは反対方向になるため、この付近で知り合いと会うことはほとんどない。だが、一般的に学校の外でクラスメイトを見かけるというイベント自体はさほど珍しいものではない。もちろん、野添《のぞえ》は人気ものだから、コンビニでばったり会えば自慢できるかもしれない。だけど、残念ながら僕はそういう価値観をもっていなかった。

「言ったほうがよかったのか？」

「ち、ちがいますっ」

野添《のぞえ》は慌てて否定する。

「わたし、あのときこの恰好だったんですよ」

それからシャツの肩のあたりを指で摘まんでみせた。

「似合ってるんじゃないか」

「え？」

きょとんとする野添《のぞえ》。

そこで僕はようやくピンときた。

「もしかして野添《のぞえ》がそういう恰好《かっこう》をしていたことを誰かに話せばよかったのか？　まぁ、確かに似合ってるからな」

「そ、それもちがうようなちがわないような……」

たぶんちがっていたようだ。野添《のぞえ》の声が尻すぼみに不明瞭になっていく。

「悪い。わかるように話してくれないか。僕はあまり察しがよくないみたいだ」

普段話が合う連中としか接していないせいか、こういうところでコミュニケーション能力の低さが露呈する。

「わたしはこんなファッションはしないと思われています」

野添《のぞえ》は懇切丁寧に説明するように切り出した。

なるほど。それだけ聞けば僕にも話が見えてきた。深窓の令嬢然とした野添《のぞえ》がそのイメージにそぐわないファッションに身を包んでいれば、それは確かにセンセーショナルな情報だろう。

珍しいものを見たと話のネタにされてもおかしくはない。だから野添《のぞえ》は怖《おそ》れた。自分のことがクラス中の話題になっているかもしれないと。その結果が、教室の前で青い顔をして中に入るのを躊躇《ためら》っていた今朝の姿なのだ。

「所詮はファッションの話だよ」

「え？」

僕があっさりと言ってのけると、野添《のぞえ》は目をぱちくりさせた。

「学校を離れた野添《のぞえ》がどんな奇抜な恰好《かっこう》をしていても僕には関係がないし、ましてや奇抜でも何でもない普通の恰好《かっこう》をしているなら、尚《なお》のこと誰かに話す理由がない」

そもそも僕が話をする相手なんて片手で数えられるほどだが。

「普通、ですか？　これが……」

野添《のぞえ》はあらためて自分の恰好《かっこう》を見て――それから自信がなさそうに僕を上目遣いに見た。

「普通だろ」

何度聞かれても、僕はそれ以外の答えをもっていない。

ギャル系ファッションはとっくにひとつのジャンルだ。市民権を得ている。何なら学校の制服をそれっぽくすることだってできる。

「あ、赤沢《あかざわ》さん、ちょっと、ちょっとだけ待っててくださいね」

野添《のぞえ》は慌てたようにそう言うと、ここから動くなとばかりに両手で僕を制しながら席を立ち、この場を離れた。小さなレジ袋だけがそこに残される。

いったいどこに行くのかと彼女を目で追えば、野添《のぞえ》は雑誌コーナーで何やら物色しはじめた。

やがて一冊の雑誌を手に取ると、こちらに戻ってこようとして――足を止めた。わずかに逡巡《しゅんじゅん》。

それから直角に折れ曲がると、今度はレジへと足を向けたのだった。

「これ、なんですけど」

程なくして戻ってきた彼女が広げたのは一冊のファッション雑誌だった。

どうやらこれを僕に見せたかったが、立ち読みなら兎《と》も角《かく》、さすがにイートインで座って読むのは論外と思ったのだろう。ちゃんと購入してから持ってきたようだ。

野添《のぞえ》が広げて見せたのはギャル系ファッションのページだ。派手な服とメイクでポーズをキメたモデルたちがページを色鮮やかに飾っている。制服をベースにしたものもあった。

「わたし、こういう恰好《かっこう》が好きなんです。服もいっぱい持ってます。ほら、これとか」

と、野添《のぞえ》は写真の一枚を指さすが、やたらと体を寄せてくるものだから僕としてはそれどころではなかった。知ってほしい一心なのか、それともただ単にパーソナルスペースに無頓着なのか。

僕は努めて野添《のぞえ》を意識しないようにして数ページある特集記事を流し読みしていると、そのうちに彼女が離れた。

「まだ近所ばかりで、遠くには行けてないのですが……」

野添《のぞえ》は恥ずかしそうにそう付け加える。

普段の自分との乖離《かいり》が理由で好きな服を着るのを躊躇《ためら》っているのなら、人目が多いところに出ていけないのも当然か。

「別にいいんじゃないか。野添《のぞえ》がどこでどんな服を着ようがさ」

「で、でも――」

「さっきも言ったけど、所詮はファッションの話だよ」

納得がいかない様子でまだ何か言葉を重ねようとする野添《のぞえ》の発音を僕は遮った。雑誌を閉じ、彼女の前に滑らせる。カイザルのものはカイザルに。野添《のぞえ》のものは野添《のぞえ》に。

「だから野添《のぞえ》が好きな服を着るのは決定的に正しいし、周囲が抱くイメージに振り回されて好きな服を着ないのは決定的に正しくない」

そう言いきる。

「これは誰でもない野添《のぞえ》自身の話だろ。自分で決めないと」

そして、最後にそう結論し、僕は立ち上がった。

「まぁ、野添《のぞえ》は人気ものだから立場があるのかもしれないけどさ。……じゃあ、僕はこれで」

「あ……」

野添《のぞえ》の小さな発音。

僕はそれを聞こえなかったことにして売り場に向かった。夕食として食べるためミートソースパスタをひとつ買う。

それを持って店を出ようとしたときだった。イートインから飛び出してきて、僕の前に立ちふさがるようなかたちになる。

「あ、あの……」

野添《のぞえ》がまた声をかけてきた。

「わたし、この姿でまだ誰にもわたしだと気づかれたことがありません」

「そうなんだ」

この服装は先ほども言ったように、普段の野添瑞希《のぞえみずき》のイメージからかけ離れている。加えて濃いめのメイクもしているので、彼女と結びつかないものも多そうだ。

「どうして赤沢《あかざわ》さんは昨日、わたしだと気づいたんですか？」

「どうして、か……」

僕は鸚鵡《おうむ》返《がえ》しに発音する。

そうやってあらためて問われると難しい質問だ。

「だからさ、ファッションなんだって」

少し考えてから、僕はそう答える。この台詞《せりふ》、今日何度目だろうか。

「ファッションって人を覆い隠すものじゃなくて、人が着るものだろ？　昨日ここで野添《のぞえ》を見たとき、まずは服が目についた。センスがいいと思った。それからどんな子が着てるんだろうと思って人を見たら、そこに野添《のぞえ》がいた。……こんなところかな？」

そう言い終えた僕を見て、野添《のぞえ》は唖然《あぜん》としていた。

どうやら伝わらなかったようだ。僕自身もそう思う。そもそも誰かを誰かと認識するプロセスを説明すること自体、意外に難易度が高い。普段当たり前のようにやっているのだから、それをわかるように説明しろと言われてもな。

「じゃあ」

「え？　あ、はい……」

これ以上の説明を求められる前に、僕は野添《のぞえ》を残し立ち去ることにした。

3

それから数日、何ごともなく時間は過ぎていき――、

ある日の昼休み。

このクラスでは時々珍しい光景を見ることができる。それは女子のグループの中にひとりだけ男子が交じって、楽しそうに盛り上がっているシーンである。

今も教室の一角ではそれが展開されていた。

輪の真ん中に置いてあるのはいくつかのファッション雑誌。それが話題の中心のようだ。賑《にぎ》やかな女子たちに交じっているのは、神谷《かみや》竜之介《りゅうのすけ》という名の男子だった。

竜之介《りゅうのすけ》は小柄で中性的な容姿をしている。そのうえファッションやアクセサリに興味があり、並の女子より詳しいほどだ。だから、ああやって女子の輪に交じって話ができる。最初は気持ち悪がる女子も多かったのだが、今ではお馴染《なじ》みの光景となっていた。

そこに学食に行っていた男子のグループが帰ってきた。

「お、なんの話なんの話？」

「俺らも交ぜてよ」

竜之介《りゅうのすけ》を含んだ女子のグループが盛り上がっているのを見て、彼らが寄っていく。ふたつのグループが合体して大所帯となった。

だが、少し遅れてそこから抜け出す影がひとつ。……竜之介《りゅうのすけ》だ。

彼は不満がありありと表れた顔で僕を見つけると、こちらに寄ってきた。

「よっ」

片手を上げて、挨拶代わりの発音。

「あいつらさ、オレが女子と話していると、すぐに入ってくるんだよね。チカ、どうにかしてくんない？」

「僕に言ってどうする」

チカ――赤沢公親《あかざわきみちか》。僕のことだ。

「あいつら、普段クッソ下品な話ばっかりして、ぜんぜん面白くないんだよな」

「その言い方も品がないと思うけどね」

ただ、竜之介《りゅうのすけ》の不満もわからなくはない。

連中はいわゆるリア充グループだ。ただし、人として品があるとは思えなかった。女子のいないところで男子らしい品のない話をしているのを何度も聞いているし、竜之介《りゅうのすけ》が女子に交ざりたいから中性的な容姿を利用しているのではないかと疑ってもいた。

「あいつら一回、ひとりずつ闇討ちしてやろうか」

僕は竜之介《りゅうのすけ》の言葉に苦笑する。

彼は見た目に似合わず好戦的だ。格闘技の有段者だと聞いたこともある。むしろ名は体を表すで、名前の通り男らしいのだ。ファッション関係の知識が豊富なのは純粋に趣味であり、決して女子に近づく口実などではない。そして、僕が中途半端《ちゅうとはんぱ》にそのあたりに詳しいのは竜之介《りゅうのすけ》の影響でもあった。

「で、チカは今日もひとり寂しく読書?」

「まぁね」

まぎれもない事実だった。僕は昼休みの喧騒《けんそう》をどこか遠くのものに感じながら、ひとりで本を読んでいる。これが僕の平均的な学校生活だ。

「気楽でいい」

というのは半分本当で、半分嘘《うそ》だ。

僕が一年のときのクラス担任である根来《ねごろ》の不興を買い、根来《ねごろ》に目をつけられたくなかったら赤沢《あかざわ》と関わるなと言われるようになった後、それでも僕をほうっておかなかったクラスメイトがいた。それがここにいる竜之介《りゅうのすけ》と、セレナだ。

最初は物好きなと思っていたが、僕が今の状況を気楽だと言っていられるのもこのふたりがいるからなのだろう。本気で孤立していたら精神的に参っていたかもしれない。

「最近何か面白いことあった？」

「こんな学校生活を送ってる僕に何を求めてるんだ」

竜之介《りゅうのすけ》の問いに、僕は苦笑して答える。

正直、この環境自体が面白いと言えば面白いのだが、たぶんこの答えでは彼の期待には応えられないだろう。

気まぐれに僕は教室内を見回した。

女子のグループのひとつが目にとまる。野添《のぞえ》の周りに集まった集団だ。さっきまで竜之介《りゅうのすけ》が交ざっていたグループに比べると賑《にぎ》やかさには欠けるが、それでも話はたいそう弾んでいるようだった。

その中心で野添《のぞえ》はいつものように深窓の令嬢然として、微笑を浮かべながら周りの話を聞いている。

視線を感じたのか、野添《のぞえ》がこちらを見て――僕に気づいた。わずかに目を丸くしてから、逃げるように顔を背ける。頬が少し赤い気がした。僕が彼女の趣味を知ってしまったからかもしれない。

「あれ？　今、野添《のぞえ》さん、チカを見てなかったか？」

不意に横から声。

見上げると、いつの間にか横にひとりの女子生徒が立っていた。長い黒髪をポニーテールにした、背の高い女の子だ。名を榛原《はいばら》セレナという。竜之介《りゅうのすけ》同様、クラス中から邪険に扱われている僕に関わってくれる数少ない友人のひとりだ。

「そうか？　気づかなかった」

「おかしいな？　そんなふうに見えたんだけどな」

彼女の顔には何やら納得しかねる感じの複雑な表情が浮かんでいた。

確かに野添《のぞえ》は僕を見たのだが、ここは知らない振りをしておこう。言えば夜のコンビニで彼女と会ったことも話さなくてはいけなくなるし、そうすると深窓の令嬢らしからぬ服の趣味にもふれざるをえなくなる。

「神谷《かみや》は？　見なかったか？」

「いや、オレも気づかなかったよ」

セレナが男のような口調で聞くが、竜之介《りゅうのすけ》も首を横に振るばかり。

竜之介《りゅうのすけ》は小柄で、背も男子の中では高いほうではない。反対にセレナは女子の中でも一、二を争うくらい上背があるので、このふたりが並ぶと少し面白い。

「ま、そういうこともあるさ」

僕はそう言ってこの話を流してしまうことにした。

§§§

その日の夜。

僕は先日と同じ時間に、同じコンビニに行ってみた。

さりげなくイートインコーナーの全面ガラスの前を通ってみると、そこに野添《のぞえ》の姿があった。

彼女は夜空をぼんやり見ていたらしく、僕に気がつくとわずかに目を見開いた。

僕はガラス越しに片手を上げて応える。

「ま、まさかまたきてくれるとは思いませんでした」

店の中に入ってイートインに回れば、野添《のぞえ》は驚いた余韻を引きずったままそんなことを言ったのだった。

「何となくいる気がしたんだ」

いなければいなかったでコーヒーでも飲んで帰るつもりだった。

「わたしもです。昼間目が合ったからでしょうか。ここで待っていたら赤沢《あかざわ》さんがきてくれるような気がしました」

どこか嬉《うれ》しそうに野添《のぞえ》は言う。

「ちょっと素敵ですね」

「なのかな」

僕にはよくわからない感覚だ。

野添《のぞえ》と同じく、僕がここにきたのは昼間の件がきっかけだ。でも、何か意味が込められたわけでもない視線を動機にするのは合理的とは言い難《がた》い。残念ながら僕はそう感じてしまう側の人間だった。

「あ、そうだ。ちょうどいいです」

野添《のぞえ》は掌《てのひら》を合わせた。小さく音が鳴る。それはどことなく彼女らしからぬ子どもっぽい仕草に思えた。教室にいるときよりふわふわしている感じがする。

「どうした？　何か話か？」

野添《のぞえ》は僕に何か話があるらしい。彼女の横に腰を下ろす。どうやら今回もまた商品を買うのとイートインを利用する順番が逆転しそうだ。

「はい。えっと……」

野添《のぞえ》は一度口ごもる。

「実は今度、自分の好きな服で街に出かけようと思ってるんです」

やがて口を開き、そう告げた。

野添《のぞえ》は固い決意を僕に伝えるかのように、真《ま》っ直《す》ぐこちらを見つめてくる。

「いいんじゃないか。それは正しいことだと思う」

要するにギャル系ファッションで出かけようという話なのだろう。周囲の勝手なイメージに振り回されず、自分の好きな恰好《かっこう》をすることは正しい行為だ。僕は支持する。

「ありがとうございます……！」

僕の肯定に、野添《のぞえ》は胸を撫《な》で下《お》ろす。

「そ、それでですね……赤沢《あかざわ》さんにもついてきてほしいんです」

「うん？」

だが、続く彼女の言葉に僕は首を傾《かし》げることとなった。

「なぜ僕が？　一緒に行ってくれそうな友達ならいっぱいいるだろう？」

「クラスの子たちには、わたしがこういう服が好きなのを知られたくないんです」

人のためか自分のためかはわからないが、まだどこかイメージを崩したくない気持ちがあるのかもしれない。これが野添瑞希《のぞえみずき》の立場というものか。

「じゃあ、ひとりで行けばいい」

「そ、それもダメです」

野添《のぞえ》は言葉に詰まりながらも、きっぱりと否定した。

「前に一度やろうとしたことがあるのですが、たくさん男の人が声をかけてきて、怖くなってすぐに帰ったんです」

「なるほど。それは難儀だな」

僕は呻《うめ》くようにうなずいた。遊び慣れていそうな見た目に、男が次から次へと吸い寄せられてきたのか。まだこういった服で遠出をしたことがないと先日言っていたが、人目を気にする以外にもそういう理由も含まれているのだろう。

それで今度は僕をつれていこうというわけだ。

「ひとついい案がある」

「はい、何でしょうか?」

僕の提案に期待してか、野添《のぞえ》は背筋を伸ばす。

「セレナをつれていけ」

「せれな?」

どうやら誰のことかわからなかったようだ。

「榛原《はいばら》セレナ」

「ああ、榛原《はいばら》さんですか」

僕がフルネームを言えば、彼女はようやくその正体に思い至る。

「そう。セレナなら僕の価値観に近いから適任だ」

好きなファッションについては知られてしまうが、範囲はセレナひとりにとどめられる。しかも、彼女は人の趣味をとやかく言うような女の子ではない。加えて男避けとしても十分に機能する。

「あ、あの、つかぬことをお聞きしますが……」

野添《のぞえ》はやけに丁寧な言い回しで切り出してきた。

「榛原《はいばら》さんのことはいつも名前で呼んでいるのでしょうか？」

「そうだけど？　セレナも僕のことをチカと呼んでる」

理由は言わずもがな。僕が孤立してしまって、好き好んで接してくれるのが竜之介《りゅうのすけ》とセレナだけになってしまい、親しくなった結果なのだが、それは野添《のぞえ》の前で言うことではない。

たぶん彼女が誰よりもわかっていることだろう。

と、そこでなぜか野添《のぞえ》が頬をふくらませた。わけがわからないが、僕は話を進める。

「どうだろう？」

「いやです。赤沢《あかざわ》さんが一緒についてきてください」

今までの自信がなさそうにひとつひとつ確認するような口振りから一転、野添《のぞえ》はきっぱりと言いきった。

僕は軽く面喰《めんく》らう。

「いや、僕よりセレナのほうが――」

と、野添《のぞえ》は僕の発音を遮った。

「好きな服を着ればいいと言ったのは赤沢《あかざわ》さんですよ。自分で言ったことの責任くらいとってください」

「その理屈は正しいとは思えないんだがな……」

僕は思わず腕を組んで、天を仰ぐ。

好きな服を着ればいいと言った以上、いざ野添《のぞえ》がそうしようとしたときに障害があったら僕がそれを取り除く――正しいと言えば正しいのか？

僕はしばし考えてから、

「わかった。つき合うよ」

「ほ、ほんとですか⁉」

途端、野添《のぞえ》は目を輝かせて顔を寄せてきた。

「それこそ言ったことの責任だ。アフターサービスくらいするさ」

そう答えて野添《のぞえ》のほうを見れば、思いがけず近い位置に彼女の顔があった。野添《のぞえ》が慌てて離れる。顔同士の距離感は正しく測れるようだ。

「じゃあ、僕はこれで」

僕は立ち上がった。

「あ、はい、また」

野添《のぞえ》のその声に見送られながら、僕は売り場へと向かう。今日の夕食になりそうなものを買わないと。

4

約束はその週の週末だった。

どうやってその約束をするに至ったかというと——先日と同じで、学校で不意に野添《のぞえ》と目が合った際、何か言いたそうだったので、夜になっていつものコンビニに行くと彼女が待っていた、という流れである。

どうにも要領の悪いことをしているように思えてならない。話があるならセレナをメッセンジャーにすればいいのにと思うし、実際にそう言ったのだが「いやです」ときっぱり断られてしまったのだった。

今回のこの件といい、責任をもって出かけるのにつき合えと言ったことといい、野添瑞希《のぞえみずき》という女の子は時折妙に強情になるようだ。

そうして今日、土曜日。

待ち合わせに遅れないよう、そろそろ出るかと着替えを終えたときだった。

玄関チャイムが鳴った。

このタイミングでいったい誰だろうか。そう思いつつインターフォンに出る。

「はい」

と、いつもと同じ調子で言ったものの、通話ボタンを押すと同時に点《つ》いたモニターを見て僕はぎょっとした。そこに野添《のぞえ》の姿が映し出されていたからだ。

『あ、の、野添《のぞえ》です……』

「……ちょっと待ってろ」

通話を切り、玄関ドアを開ける。

そこには当然、野添瑞希《のぞえみずき》が立っていたのだが、問題はその恰好《かっこう》だった。今の彼女は深窓の令嬢然とした学校でのイメージをそのままプライベートにスライドさせたような、清潔感あふれるワンピース姿だった。足もとはパンプス。

「どうした？」

そう尋ねた僕の言葉にはいろんな意味が含まれていて、僕自身もどこにフォーカスしているのかわかっていなかった。なぜうちにきたのか？　なぜその服装なのか？　などなど。

「ここで着替えさせてほしいんです」

「着替え？」

僕は聞き返す。なぜわざわざここにくる必要があるのか。自分の家で着替えればいいだけの話だと思うのだが。

「家族や近所の人に見られたくないので……」

「なるほど」

納得できる回答ではある。夜なら兎《と》も角《かく》、昼間は近所の人の目も気になるだろう。あらためて見てみれば、野添《のぞえ》は手に大きなバッグを提げていた。そこに服が入っているようだ。

「とりあえず入って」

僕は後ろに下がり、上がるように促した。

「来客用のスリッパなんて気の利《き》いたものはないから、そこは許してくれ」

「あ、はい。おかまいなく」

むしろいきなり訪ねてきたからか、野添《のぞえ》は申し訳なさそうに答えた。

「お邪魔します……」

おっかなびっくり部屋に上がった野添《のぞえ》は、さっと中を窺《うかが》った。

「赤沢《あかざわ》さんひとり、ですか……？」

「見ての通りだよ」

ここは単身者向けのワンルームマンションだ。おそらく野添《のぞえ》もそれくらいわかっていただろうから、単に確認なのだろう。

「ご家族とは――」

「野添《のぞえ》」

僕は彼女が最後まで言い終えるよりも先に発音した。自分でも少し驚くほど強い口調だった。

「それは家庭の問題だ」

「す、すみません」

続く言葉は落ち着いた話し方に努めたものの、野添《のぞえ》はそれでも慌てて謝った。申し訳ないことをしたと思う。

ここがワンルームマンションである以上、僕はひとりで生活している。高校に上がると同時にひとり暮らしをするなど、よほど強い志望動機で家から離れた学校を受験しないかぎりは、後は家庭に問題がある場合しかないだろう。

うちは後者だ。父は僕を家から追い出すみたいにしてこの桜ノ塚高校の受験を勧め、僕はそれに従った。地方都市にある名門校なら僕もまっとうな人間になるかもしれないと、父が淡い期待を抱いたのだ。

「それにしても――」

と、野添《のぞえ》は話題を変えるためか、部屋の中をあらためて見回した。

「もしかしてミニマリスト、ですか？」

「まさか」

僕は苦笑する。

とは言え、そう思うのもむりはない。何せこの部屋にはあまりものがない。あるものと言えば、抽斗《ひきだし》のついたテレビ台と、その上のテレビ。学校の教科書を収めた細長い書架と、勉強や食事をするためのローテーブル。そして、ヘッドレスのローベッドくらいのものだ。後はキッチンスペースに食器棚や冷蔵庫といったものがある。

ここまでならギリギリ男のひとり暮らしと言えるかもしれない。だが、ここには娯楽の類がほとんどない。テレビはあっても録画再生機器がないし、書架に並んでいるのは教科書だけ。読みものは市の図書館で借りることにしている。

こんな部屋できれいに片づいている、というか、散らかしようがないものだから、まるで生活感のないショールームのようだ。

「ちゃんと食事はとられているのですか？」

心配そうに言う野添《のぞえ》の目はキッチンスペースに向けられていた。

そこにはコーヒーメーカーに炊飯器、電子レンジ、トースターと、ひと通りのものがそろってていたが、コーヒーメーカーと電子レンジくらいしか使われていないことが見て取れる。それくらい新品同様にきれいだった。

「この前、パスタを買って帰ってましたが、まさかあれが……？」

「あの日の夕食だな」

僕は彼女の言葉を引き取って答える。

「基本的に食べたくなったら食べるだけだからね」

「食べたくならなかったら?」

「食べない」

おそるおそるといった調子の野添《のぞえ》の質問に、僕はきっぱりと答える。野添《のぞえ》が唖然《あぜん》とした。

「そんな食生活では――」

「まぁ、正しくはないだろうな」

自分でも理解はしているが、何となく今のスタイルのほうが性に合っている。

「あ、あの、よかったら今度……」

「うん?」

「い、いえ、何でもないです……」

野添《のぞえ》がいつも以上に遠慮がちに発音したため僕が反射的に聞き返すと、彼女は結局言いかけた言葉を呑み込んでしまった。

それから今度は、たたっ、と逃げるように窓へ寄る。

「あ、やっぱりうちが見えますね」

やけに嬉《うれ》しそうにそう言うもので、気になって僕も野添《のぞえ》の隣に並んだ。

「ほら、あそこ。あそこがうちです」

ここは坂の多い街だ。おかげでこのマンションも街の外れの斜面に立っていて、街全体がよく見えた。ただ、野添《のぞえ》は自分の家があるらしいあたりを指さしているが、もう少し特徴を言ってくれないと僕にはどれがそうなのかわからなかった。

「あ、もうこんな時間。そろそろ出ないといけませんね」

野添《のぞえ》は腕時計の文字盤を見て小さく声を上げた。

確かに予定通りの時間と場所で落ち合うつもりなら、もうとっくに家を出ておかないといけないタイミングだ。だが、その野添《のぞえ》はここにいる。約束は完全に崩壊していると言っていいだろう。

野添《のぞえ》が再びきょろきょろと部屋を見回し——申し訳なさそうに口を開いた。

「す、すみません、赤沢《あかざわ》さん。ちょっとあっちを向いててもらっていいですか？」

「うん？」

いったい何がはじまるのかわからないが、僕は言われた通り野添《のぞえ》に背を向ける。

「どうした？」

「出かける前に着替えようと思って」

「ちょっと待て」

僕は慌てて声を上げた。確かに野添《のぞえ》がここに寄ったのはそれが目的だが、僕に背を向けさせただけで着替えはじめるやつがあるか。

このタイミングならまだ服は脱いでいないだろうが、念のため振り返らずに続ける。

「あっちに脱衣所があるからそこを使え」

「そ、そうですね……」

言われてようやくそのことに気づいたようで、野添《のぞえ》は恥ずかしそうにそう答えると、僕の横を抜けて脱衣所へと入っていった。

彼女の姿が見えなくなると、僕はため息を吐いた。それは野添《のぞえ》に呆《あき》れたからか、それとも緊張から解放されたことによるものか。

「お待たせしました」

程なくしてそんな声とともに野添《のぞえ》が出てきた。

彼女は赤いタータンチェックのスカート姿だった。上は肩も露《あらわ》なオフショルダーのトップス。大きめのシルエットで、肩以外の体の線は出ていない。

「洗面台もお借りしていいですか？」

僕が何か感想を言うよりも先に、野添《のぞえ》がそう聞いてきた。どうぞ、と僕がジェスチャーで答えると、彼女は再び脱衣所の中へと引き返していった。

つられるようにして僕も後を追い、中を覗《のぞ》く。と、野添《のぞえ》が鏡に向かってメイクをはじめていた。楽しそうだ。だが、すぐに横で様子を窺《うかが》っている僕に気づく。はっとして、途端に恥ずかしそうに顔を赤くした。

「あ、あの、そこでじっと見られると、その……」

「悪い」

僕はその声に追い立てられるようにして、その場から離れた。

意味もなく窓の外を見る。先ほど野添《のぞえ》が指さしていたあたりに目をやれば、そこには古くからありそうな大きな邸宅がいくつか点在していた。このどれかが野添《のぞえ》の家なのだろうか。

それにしても落ち着かない気分だった。

教室では深窓の令嬢然としている野添瑞希《のぞえみずき》が実はギャル系のファッション好きで、僕をおともに指名して出かけると言い出し、その準備をこの部屋でしているのだ。いったいなぜこんなことになったのか。

とは言え、彼女には自分を解放する場所が必要なのかもしれないとも思う。

「終わりました」

野添《のぞえ》の声が僕を思考から呼び戻した。

「ど、どうでしょうか……？」

そこにいた彼女は先ほどの服に加え、はっきりめのメイクに凝ったヘアスタイルをしていた。こうして見ると、明るい茶髪が今のスタイルによく似合っている。バリバリのギャル系というわけではなく、ややひかえめなそれだった。まぁ、もとがあの野添瑞希《のぞえみずき》だからこんなものかもしれない。

「ああ、似合ってるんじゃないか」

「ほんとですか？　よかったです」

僕のひと言に、彼女はほっと胸を撫《な》で下《お》ろす。

「じゃあ、行こうか」

尤《もっと》も、こういう恰好《かっこう》で街を歩きたいというのが野添《のぞえ》の希望で、僕はそのおともをするだけ。行き先を知っているのは彼女しかいない。

「あ、待ってください」

そう言って野添《のぞえ》は、持ってきた大きなバッグに駆け寄った。中から取り出したのはハイカットのスニーカーだった。いま着ている服に合いそうなデザインのその靴が、最後の仕上げのようだ。

5

この街はいいところだと思う。

中心部にJRといくつかの私鉄が交差するターミナル駅があり、そこに広がるショッピングモールをはじめとする商業施設に行けばたいていのものは手に入るし、たいていの娯楽はある。もっと都会に出たければそこから電車に乗ればいい。

住んでいる街の満足度ランキングがあれば、意外と上位にくるのではないだろうか。そんな地方都市だ。

普段もっぱらネットストアを利用しているという野添《のぞえ》は、今日は駅の周りにある大型ショッピングモールに行って、その目で確かめながら服を探したいのだそうだ。今からどこへ行くのかと問えば、そんな答えが返ってきた。


「あの子かわいー」

「すごーい。モデルかな？」


僕の家を出たときはよかったのだが、駅が近づき、行き交う人が多くなるにつれ、そんな声が耳に届いてくるようになってきた。

「あ、あの、もしかしてわたし、目立ってます……？」

「目立ってるか目立ってないかで言えば、まぁ、目立ってるな」

先ほどの声は当然野添《のぞえ》にも聞こえる。彼女は戸惑ったように僕に尋ね、僕は正直に答えた。

もともと破格の美少女で、ただそこにいるだけでも野添《のぞえ》は目を引く。それがさらに人目を引くファッションをチョイスしたのだから目立たないはずはない。

「気にするな。似合ってるから目立ってるんだ」

「そ、そうでしょうか……?」

野添《のぞえ》は自信なさそうな様子で自分の服を見下ろす。

「いつもコンビニには行ってるだろ」

「ですが……」

僕に言われただけですぐに胸を張れるほど野添《のぞえ》は単純ではないか。例えるなら、家でギターを弾いてる人間がいきなり路上ライブをする感じだろうか。自信とは場所や環境によって出たり入ったりするものだ。とは言え、これも今だけだろう。


程なくして予想通りになった。

ショッピングモールのファッションフロアに入ってしまえば、周りにあるのは服ばかり。野《の》添《ぞえ》もコーディネイトされたマネキンに負けてはいないが、買いもの客が見るのは店に並ぶアイテムのほうだ。相対的に彼女は目立たなくなる。

そして、野添《のぞえ》自身も同じだ。色とりどりの服に気を取られ、時折自分に向けられる目は気にならなくなっていた。

「あ、これ、すごくいいです」

そのファッションフロアを歩いている最中、何か琴線に触れるものがあったのか、野添《のぞえ》が陳列されていた服のひとつに飛びついた。いま彼女が着ているのとよく似た、シルエットの大きいオープンショルダーのトップスだった。

ほかのアイテムやコーディネイトされたものを見るに、やはりここはギャル系ファッションを扱う店なのだろう。ただ、これ単体なら普通の服に見える。ということは、ギャル系ファッションというのは服を組み合わせた上で、何ならメイクやヘアスタイルまで含め、そこから漂う雰囲気の総称なのかもしれない。

「ここ、見ていきましょう」

野添《のぞえ》がその店に入っていき、僕も後をついていく。

と、そのときだった。

「こんにちはー」

野添《のぞえ》が声をかけられた。店員だ。当然のように一分の隙もないギャル系のファッションに身を包んでいる。

「今日はどんなのを探してるんですか？」

「え？　えっと……」

いきなり砕けた調子で話しかけてきた店員に野添《のぞえ》は怯《ひる》む。

そこで店員が何かに気づいた。

「あ、その服、素敵ですね。すごくいいです！　それに髪がきれい。こういう明るい色だといろんな服に合っていいですよね」

戸惑う野添《のぞえ》に、店員は目を輝かせながら矢継ぎ早に話題を振ってくる。

どうやらばっちりコーディネイトした野添《のぞえ》を見て、彼女がこういう店にも慣れていると思い、フレンドリーに話しかけてきたようだ。

「え、ええ、まぁ……」

だが、残念ながら店員の予想は外れていた。野添《のぞえ》はまったくもってこういう場所は不慣れで、いきなり距離を詰めてくるタイプの店員とのコミュニケーションも不得手だったようだ。

「何かSNSやってます？　やってないならぜひやりましょう。服やコーデの紹介に自撮りを載せたりして。絶対人気でますよ。よかったら連絡先——」

「すみません」

仕方がないので僕が割って入る。

「商品を見せてもらっても？　聞きたいことがあれば呼びますので」

「あ、そうですね。わかりました。何でも聞いてくださいね」

店員は笑顔で離れていった。おそらく彼女はちょっとはりきりすぎたくらいの気持ちで、野《の》添《ぞえ》を困らせていた自覚はないだろう。

「す、すみません。赤沢《あかざわ》さん……」

「いいよ、別に。ほら、好きに見るといい」

謝る野添《のぞえ》に、僕は気兼ねなく続けろと促す。

「あ、はい……」

そうは言ったものの野添《のぞえ》は店員の目が気になるのか、明らかに最初に比べて勢いが落ちていた。順にアイテムを見ているが、何かを吟味している様子はない。ただ手に取り、眺めるだけの流れ作業。

「もう出ましょう。赤沢《あかざわ》さん」

そして、結局そそくさとこの店から退散したのだった。

つまるところ、服が変わっても野添《のぞえ》は野添《のぞえ》ということか。いや、学校では深窓の令嬢然としつつも堂々としているわけだから、対人コミュニケーションの面ではむしろ後退しているとも言える。聞いた感じでは今日が本格的なギャル系ファッションデビューだから、そのあたりの緊張もあるのだろう。

§§§

その後も野添《のぞえ》は店舗の中には踏み入らず、外からでも見えるアイテムについて「あれ、いいですね」「ああいうのも着てみたいです」と言うばかりのウィンドウショッピングが続いた。

僕たちは気分転換に一度ショッピングモールの外に出る。

「野添《のぞえ》、クレープでも食べないか？」

表には広場のような場所があり、その周りにいくつかの店があった。コーヒースタンド、ソフトクリーム屋、ホットサンドの店、などなど。その中にクレープを扱う店もある。

「え？　あ、いいですね」

沈んだ顔をしていた野添《のぞえ》が、少しだけ笑顔を見せる。

彼女がそう答えたことで、僕たちはそちらに足を向けた。

「いらっしゃいませー。どれにしましょう？」

店員の明るい声が僕らを迎える。

野添《のぞえ》が僕を見た。

「僕は後でいいよ」

「じゃ、じゃあ……」

と、彼女は店舗のあちこちに貼られたクレープの写真に目を向ける。

「わたしはこれを」

やがてそう言って注文したのは、フルーツやらアイスクリームやらが載った派手なクレープだった。

「ありがとうございまーす」

能天気なお礼の言葉とともに値段が告げられる。確認した素振りはないので、すべての商品の価格を覚えているのだろう。僕は野添《のぞえ》がどれを食べようかと迷っている間に用意しておいた千円札を差し出した。

「赤沢《あかざわ》さん。そんな、悪いです」

「いいよ。たいした値段じゃない」

僕はお釣りを受け取りながら答える。こうして千円札一枚でお釣りが返ってくるのだから、たかがしれている。クレープひとつにその値段が妥当なのかは知らないが。

「でも……」

「お待たせしましたー」

まだ何か言おうとした野添《のぞえ》に、パフェと見紛《みまが》うばかりのクレープが差し出された。写真を見たときはどうやって食べるのだろうかと思ったが、極々シンプルにスプーンも一緒に刺さっていた。いよいよパフェだ。

「じゃ、じゃあ、いただきます……」

差し出されたクレープをいつまでもそのままにはしておけず、野添《のぞえ》は遠慮がちにそれを受け取った。ここまでくれば選択肢はそれしかない。であれば気持ちよく食べてくれたほうが僕としては嬉《うれ》しい。

続けて今度は僕が、先ほどのお釣りに少し小銭を足してオーソドックスな生クリームとカスタード入りのクレープを買った。見た目はごくありふれた三角形に近いやつだ。それに紙が巻かれている。

僕たちは空いているベンチに移動した。野添《のぞえ》は座り、僕は立つ。そこに特に意味はない。

食べている最中、不意に野添《のぞえ》が自分と僕のクレープを交互に見た。ありきたりなクレープと、パフェのような豪勢なクレープ。

「よ、よく食べる女の子って思ってます……？」

野添《のぞえ》は恥ずかしそうにそう聞いてきた。男の僕がひかえめなクレープを食べ、彼女が大きなクレープを食べているからだろう。

「別に。食べたいものを食べるのは正しいよ」

普段の食生活なら量や栄養バランスに気をつけるべきなのだろうが、好きで食べるスイーツくらい食べたいように食べればいいと思う。まぁ、食生活が崩壊している僕が言う台詞《せりふ》ではないが。

「食べたいものを食べたいだけ食べる女の子は正しくありませんけどね」

「そうなのか？」

首を傾《かし》げる僕の目の前で、野添《のぞえ》は開き直ったような調子でクレープの上に乗っていたアイスクリームをスプーンで口の中に運んだ。

「赤沢《あかざわ》さん」

そして、そのアイスの最後のひと口を食べ終えたところで、不意に彼女の手が止まった。スプーンが刺さったクレープを両手で包み込むように持ち、膝の上で立てる。視線はそれに注が

れているが、まるで項垂《うなだ》れているようにも見えた。

「わたしにはこういうファッションは向いていないのでしょうか？」

野添《のぞえ》はそう零《こぼ》す。

「僕は似合ってると思うが？」

「でも、さっき……」

野添《のぞえ》が自信を失《な》くすような出来事があっただろうかと考え——少しして思い至る。

「最初の店でのことか？」

「はい……」

野添《のぞえ》は力なくうなずく。

「服を着こなすことと押しの強い店員に対応できることは別だ。それを一緒にして好きな服を着なくなるのは決定的に正しくない」

「そうだとは思うのですが……」

思ってはいても割りきれない、といったところか。

さて、どうする？

少し考えてから僕は切り出した。

「野添《のぞえ》はさ、どうしてそういう服を着るようになったんだ？」

「これ、ですか？」

野添《のぞえ》はそう言いながら、一度自分が着ている服を見た。左肩から右肩へ。

「中学のときのクラスメイトにこういう服が好きな子がいたんです。私服もそうだし、制服もアレンジしたり着崩したりで」

「なるほど。いわゆるギャルというやつか」

いわゆるどころか生粋のギャルだな。

「だけど、学校でもそうなら先生から注意されたんじゃないか」

「もちろんです」

野添《のぞえ》は苦笑しながらうなずいた。

彼女の話ぶりからして、一回や二回そういうスタイルにしたという程度ではないのだろう。おそらく常習犯で、日常的に先生から注意されていたにちがいない。

「でも、その子、すごいんですよ」

やにわに野添《のぞえ》の言葉が熱を帯びた。

「『どちらかじゃなくて両方』『やりたいことをするために、やるべきことをちゃんとする』が口癖というか主義で、本当にそれを実践していたんです。授業態度は真面目だったし、成績も常に上位でした」

つまり学校でも己のスタイルを貫くため、それ以外では絶対に隙を見せなかったわけか。

ただ、あらゆる面で優等生だからある事柄においては校則違反が見逃される、というのは学校の対応としては正しくないはずだ。だから、きっとそこには注意はすれど本気で咎《とが》めなくてもいいかと思わせるような空気があったのではないだろうか。

「わたしは彼女のことを恰好《かっこう》いいと思いました」

「僕もそう思うよ」

そう答えると、野添《のぞえ》は嬉《うれ》しそうに笑顔を見せた。

おそらくかたちだけの注意で終わる空気の理由は本人の為人《ひととなり》だったのだろう。確固たる自分のスタイルがあり、それを貫くために何ひとつ疎《おろそ》かにせず、そのうえ人間としての魅力もある。誰にでもできることではない。

何となく話が切れ、僕たちはとまっていた手を動かして残っていたクレープを食べ進める。

少しして野添《のぞえ》がおもむろに口を開いた。


「わたしはずっと『特別な何か』になりたいと思ってるんです」


胸のうちを明かすようにそんなことを言う。

「子どものころから両親の期待に応えてずっといい子でいましたし、学校でのわたしも知っての通りです」

教室にいる野添《のぞえ》を見れば、家庭での彼女がどんなふうかは容易に想像がつく。両親にとってはきっとどこに出しても恥ずかしくない自慢の娘だろう。

だが、野添《のぞえ》は力なく笑う。

「だから、わたしはいつしか『特別な何か』になりたいと思うようになりました」

彼女の告白を聞いて、話が飛んだなと思った。いや、野添《のぞえ》自身が意図的に飛ばしたのか。

僕は聞き返す。

「そのためのツールが服？」

「はい」

野添《のぞえ》は力強くうなずいた。

「彼女と同じ服を着れば、わたしも『特別な何か』になれるような気がしたんです。それで高校に上がったのを機に」

なるほど、わかった。野添《のぞえ》があなりたいと憧れる理想像が、そのかつてのクラスメイトなのだ。だから、そこに近づけない、似ても似つかない自分はこういう服を着る資格がないと感じているのだろう。

確かにギャル系ファッションは個々のアイテムだけでなく、メイクやヘアスタイルまで含めた全体の雰囲気に依《よ》るところが大きいように思う。だからと言って、在り方が真似《まね》できないからと、好きな服を着ることまで諦めるのは正しいことではない。

「何度も言うようだけど、僕はよく似合ってると思う。もしかしたら野添《のぞえ》の中で何か足りないと感じるものがあるのかもしれないけど、それだけでやめてしまうのはもったいないんじゃないか？　やると決めた瞬間から理想に手が届いている人間なんてどこにもいないよ」

コンビニで初めて野添《のぞえ》を見たとき、いきいきとした姿が印象的だった。彼女が自信をつければ、いつでもああいう心持ちでいられるはずだ。

僕は残っていたクレープを口の中に放り込んだ。

「さすがに甘いな。コーヒーでも買ってこよう。……野添《のぞえ》もいる？」

「いえ、わたしは」

野添《のぞえ》が首を横に振った。

「そうか。じゃあ、ひとりで行ってくる。野添《のぞえ》はここで待ってろ」

僕は彼女に背を向ける。

野添《のぞえ》は一度ゆっくり考えたほうがいいだろう。僕が説得を試みるような問題ではない。今ここで結論が出なくても、考えはじめるくらいはしておいたほうがいい。尤《もっと》も、話を聞いたかぎりでは彼女の中にまだ熱は残っているように見えたので、おそらく心配はいらないだろう。

いくつか並んでいる店の中にコーヒースタンドがあったので、僕はそこでアイスコーヒーを買った。店の前でコーヒーフレッシュを注ぎ、使い捨てのマドラーでかき混ぜる。マドラーはその場でゴミ箱に捨てた。

そうして店から離れたときだった。ベンチのほうを見れば、野添《のぞえ》が二人組の男に話しかけられているところだった。ひとりは野添《のぞえ》の真正面に立ち、もうひとりは横に座っている。だいたい何が起きているか予想がつくな。

僕は大股で野添《のぞえ》のもとへ向かった。

「野添《のぞえ》」

まだ距離があったが呼びかける。

「赤沢《あかざわ》さん！」

野添《のぞえ》がこちらを向いた。

と、同時に男たちも僕を見る。そして、すぐに舌打ちでもするような態度で彼女から離れ、立ち去った。

「大丈夫か？」

「え、ええ。まだ声をかけられたばかりだったので」

だったら案外男連れだと言ったら素直に引き下がってくれた可能性もある。

「今日はもう帰るか」

「そう、ですね」

僕がそう提案すると、野添《のぞえ》は少し沈んだ調子でうなずいたのだった。

6

僕の部屋に戻ってきた。

「お待たせしました」

野添《のぞえ》が脱衣所から出てくる。ここを訪ねてきたときと同じワンピース姿だ。

「座れば？　お茶でも入れるよ」

「ありがとうございます。では、少し失礼します」

座布団《ざぶとん》を勧めると、彼女はそこに腰を下ろした。上品に正座をする。

一方、僕はキッチンスペースで冷蔵庫から烏龍茶《ウーロンちゃ》のペットボトルを取り出し、グラスに注いだ。それを持って野添《のぞえ》のもとに戻る。

「どうぞ」

「ありがとうございます」

そして、グラスを彼女の前のローテーブルの上に置いた後、そのテーブルをはさんでヘッドレスのローベッドに腰かけた。来客などというものを想定していないから、スリッパ同様座布《ざぶ》団《とん》もひとつしかない。

「すみません。今日は助けてもらってばかりで」

「いいよ、そんなこと」

何か特別なことをした覚えはない。

「それに去年も……」

「……」

僕はどう答えるべきか迷い、

「去年ね。そんなこともあったかな」

結局そうとだけ言った。

§§§

それは去年、入学して早々のこと。

現時点での進路希望を確認するとのことで、放課後、数日かけてひとりひとり面談が行われたのだった。桜ノ塚高校は名門の進学校だ。ほとんど全員が大学進学を希望するだろうから、進みたい学域、或《あ》るいは、もっと大雑把に理系文系の確認程度のものだ。

だが、そこで事件が起きた。

それは僕が進路指導室の前で呼ばれるのを待っていたときだった。

「いやです！」

中からそんな声が聞こえた。女子のものだ。

僕はあたりを見回した。進路指導室は職員室の近くにあり、放課後の職員室は出入りする先生や質問をしにきた生徒でそれなりに騒がしかった。だが、それ故にと言うべきか、そこまで大きくはなかった先ほどの声は僕にしか聞こえなかったようだ。

「失礼します」

僕は思いきってドアを開け、踏み込む。

中では応接セットをはさんで先生と生徒が対峙《たいじ》していた。ひとりは担任の根来《ねごろ》先生。もうひとりは見目麗《みめうるわ》しい女子生徒。言うまでもなく野添瑞希《のぞえみずき》だった。

「どうした、赤沢《あかざわ》。まだ呼んでないぞ」

根来《ねごろ》が僕を睨《にら》みつける。

「彼女の声が聞こえました。何かあったのでしょうか？」

「何もない。外で待っていなさい」

と、根来《ねごろ》は僕に凄《すご》むが、まさかこの状況で素直に引き下がるわけにはいかない。それは正しくない選択だ。

「野添《のぞえ》、何があった？」

「赤沢《あかざわ》！」

再び根来《ねごろ》の声が飛んできたが、僕はそれを無視する。

「髪を、染めろと……」

「髪？」

一瞬何のことかわからなかった。が、彼女の明るいブラウンの髪を見て、すぐにおおよその事態は呑み込めた。

「先生、この学校はそういう決まりなのでしょうか？」

僕は根来《ねごろ》に問いかけた。

何せ僕の髪は日本人らしい黒だ。そのあたりの規則にはふれることすらないので、まずは確認をしておかなければならない。

「そうだ」

「嘘《うそ》です！」

すぐに野添《のぞえ》が割り込んできた。

「証明があればいいと願書を出す前に確認しました！」

この色が生まれつきである証明さえできれば髪を染める必要はない。それを確認した上で、彼女はこの桜ノ塚高校を受験したようだ。

「彼女はこう言っていますが？　正しいのはどちらでしょうか？」

「日本人なら髪は黒と決まっている！　つべこべ言わず染めてこい！」

根来《ねごろ》は頑として譲らない。どうやらこの男にとって学校の規則は関係ないらしい。さすがは定年間際《まぎわ》のベテラン教師。価値観がひと昔もふた昔も前で止まっていて、完全に凝り固まっている。

当然、こういった話はクラスのみならず新入生の間にもさっそく噂《うわさ》として流れていた。この化石みたいな先生には学校も口がはさめず、校則よりも根来《ねごろ》がこうと決めたことが優先されるという話だ。曰《いわ》く「根来《ねごろ》には逆らうな。目をつけられたら終わり」。

「中学のときもそう言われて、わたしは三年間……」

「その学校の方針は当然だな」

根来《ねごろ》は勝ち誇ったように鼻を鳴らす。

「もう三年そうすればいいだろう」

「そんな！　ここならあんなことをしなくていいと思ったのに」

野添《のぞえ》の口から悲痛な声が上がった。

「あんなの、わたしじゃない……」

そして、ついには泣き出してしまう。

僕は野添《のぞえ》の髪に目をやった。明るいきれいなブラウンだが、よく見れば少し傷んでいるようにも見えた。ヘアスプレーで雑に染め続けた結果だろう。美容院で丁寧に染める方法もあったはずだが、そうしなかったのは何かの抵抗の表れだったのかもしれない。

日本人離れした色の髪は野添《のぞえ》にとって自慢だったにちがいない。僕には想像するしかないが、それを染めろと強要されることはアイデンティティを奪われるにも等しい凶行なのかもしれない。それを三年間耐えてきた。そして、ここにくればそんな思いはもうしなくていいはずだったのだ。

「いやなら学校をやめてもいいんだぞ」

根来《ねごろ》にとって目の前で女子生徒に泣かれるなど日常茶飯事なのか、意に介した様子もなく、更なる追い打ちの言葉を吐く。

あまりにも醜悪な光景だった。

確かにこの暴君のような根来《ねごろ》に逆らってはいけないのだろう。それは愚かな行為だ。だが、ここで野添《のぞえ》を置いて引き下がれば、それはまた別の愚かものになる気がした。

「野添《のぞえ》」

僕は彼女に呼びかける。

「先生の言っていることは正しい。いやならやめるべきだ」

「そんな……」

野添《のぞえ》は絶望の淵《ふち》に立たされたような顔になった。

かまわず僕は続ける。

「日本人なら黒だから染めろ？　そんな時代遅れの固定観念に野添《のぞえ》が苦しめられることはない。今すぐここをやめろ。やめて新しい学校を探すんだ。必ずどこかに野添《のぞえ》を野添《のぞえ》のまま受け入れてくれるところがあるはずだ」

「赤沢《あかざわ》！」

根来《ねごろ》の声が部屋中に響いた。

一方、野添《のぞえ》は驚いたように目を見開く。

「そして、もし野添《のぞえ》がその決断をするなら、僕も一緒にやめてやる」

それがこんな正しいだけの滅茶苦茶《めちゃくちゃ》な提案をする僕の責任であり、けじめだ。

野添《のぞえ》はこの一瞬で心を決めたのだろう。涙を拭き、すっと背筋を伸ばした。

「先生のおっしゃる通り、この学校をやめさせていただきます。短い間でしたが、お世話になりました」

向き直った野添《のぞえ》が根来《ねごろ》に向かってきっぱりと言いきる。

彼女の意志は示された。

そして、僕はもとよりこれを現実のものとする気はさらさらなかった。これでも僕は、この学校でならまっとうな人間になるかもしれないと僕を送り出した父の期待に応えたいと思っている。退学するわけにはいかないのだ。

「いま聞いた通りです。彼女がやめるなら僕もやめます。新年度がはじまってすぐにクラスから二名も自主退学者が出るのは、先生にとっても都合が悪いのではないでしょうか？　もちろん僕たちがここでのことを黙る理由はありませんので、学校にはきっちりと事情を説明します。

ああ、もしかしたらこんな理不尽な目に遭ったと、ＳＮＳなんかで愚痴をこぼすかもしれませんね」

野添《のぞえ》に続き、今度は僕が告げた。

根来《ねごろ》が苦虫を噛《か》み潰したような顔になる。さすがの根来《ねごろ》でもいきなりふたりの脱落者を出せば体裁が悪いし、学校から追及を受けることだろう。

「赤沢《あかざわ》……！」

結局、根来《ねごろ》は僕を睨《にら》みつけるしかできなかったようだ。

そうしてこの話は、学校が定めたルールに従って野添《のぞえ》は髪を染めなくていいという至極当たり前の結論に落ち着いたのだった。

§§§

だが、現実にはこれで終わらなかった。

それ以来、根来《ねごろ》は僕を目の敵にするようになり、そんな穏やかならざる空気を感じたクラスメイトたちは『赤沢《あかざわ》に関わると根来《ねごろ》に目をつけられる』と実《まこと》しやかに囁《ささや》くようになったのだ。

結果、僕は今のような扱いをされるに至る。

「赤沢《あかざわ》さんが一緒にやめてくれると言ったときは嬉《うれ》しかったです」

野添《のぞえ》は昔を懐《なつ》かしむように言う。

懐《なつ》かしいという感情が正確かどうかはわからないが、実際この話をするのは当時以来だ。野《の》添《ぞえ》が僕に話しかけようとしても、先日のように周りがそれをとめる。赤沢公親《あかざわきみちか》には関わってはならないからだ。

「もしあのとき根来《ねごろ》先生が前言を撤回せず、わたしが本当に学校をやめることになったら、赤《あか》沢《ざわ》さんはどうするつもりだったんですか？」

「言っただろ。野添《のぞえ》がやめる選択をするなら僕もやめるって」

野添《のぞえ》の問いに僕はそう答える。

まさか僕だけ学校に残り、去っていく野添《のぞえ》の背中を見送るわけにはいかない。その選択肢は最初からなかった。

「赤沢《あかざわ》さんならそう答えると思いました」

野添《のぞえ》は小さく笑った。

「やめて……それでどうしたのでしょうか？」

「まぁ、僕もちゃんと高校を出て、大学には進みたいからな。学校探しかな」

野添《のぞえ》みたいな優等生なら引《ひ》く手数多《あまた》だろうが、僕はどうだろうか。学校を探すのも入学の手続きをするのも、自分ひとりでできるとは思えないから家に相談する必要があっただろう。果たして父がどんな顔をするやら。そうならなくてよかったと心底思う。

と、考えているところに野添《のぞえ》が口を開いた。

「そこはその……わたしと一緒の学校にいくと言って……い、いえ、何でもないですっ」

しかし、何か言いかけたものの、自らその言葉をかき消したのだった。

野添《のぞえ》は烏龍茶《ウーロンちゃ》の入ったグラスを手に取ると、場を取り繕うようにそれを口に運ぶ。

ひと口飲むと、彼女の顔からすっと表情が消えた。

「でも――」

言いつつ、飲むときの勢いとは反対にゆっくりとグラスをテーブルの上に戻した。

どこか思い詰めたような発音だった。

「わたしのせいで赤沢《あかざわ》さんは今のような学校生活を送ることになってしまいました」

野添《のぞえ》は唇を嚙《か》む。

「ずっと謝ろうと思っていたんです。学校では声をかけられなくて、何度か家の前まできたこともありました。でも、何と言っていいか……」

なるほど。野添《のぞえ》がこの部屋のことを知っていたわけがわかった。その気になればいくらでも調べられただろう。

「気にするな。野添《のぞえ》が悪いわけじゃない」

悪いのは根来《ねごろ》か、老害を放置している学校か。或《あ》いは、ただ単に運か。

だが、今でもあの場で野添《のぞえ》に選択を迫る提案をしたことは正しかったと思っている。

「それにあのことがなかったとしてもきっと似たようなものだ。この部屋を見てみろよ。普段がこれだぞ。学校生活が派手になるかよ」

僕が苦笑しながら言えば、野添《のぞえ》はそれにつられるようにして部屋を見回した。彼女がミニマリストと疑った殺風景な部屋だ。

「どうしてこんな生活を？　赤沢《あかざわ》さんならもっとちゃんとしてそうなのに」

「さぁ？　どうしてだろうな。ここは僕の居場所じゃないと思ってるのかもな。だからいつでもどこかに行けるよう、あまり荷物を広げないようにしてるのかもしれない」

この街はいいところだと思うし、学校も気に入っている。だが、野添《のぞえ》にも言ったように、根来《ねごろ》とのことがなかったとしても、きっと似たり寄ったりの学校生活を送っていたことだろう。ここではないどこかに自分の居場所があるような気がしているのだ。或《あ》いは、父にここへと送られたことで旅人気質が開花したか。

ふと見ると、野添《のぞえ》が悲しそうな顔をしていた。

「野添《のぞえ》」

僕はそんな彼女に呼びかける。

「あ、はい」

「そろそろ帰ったほうがいいな。あまり男の部屋に長居するものじゃないよ」

「えっ」

野添《のぞえ》が体を跳ねさせる。

「えっ!?　えっ、えっ」

僕を見たり、自分を見下ろしたり、部屋に目をやったり。見事に挙動不審で、僕は思わずくつくつと笑ってしまった。

からかわれたと知った野添《のぞえ》が頬をふくらませる。

「あ、赤沢《あかざわ》さんはそんなことをする人じゃありませんっ」

「だといいな。……ほら、早く帰れよ」

実際もういい時間だった。今から帰れば標準的な家庭の夕食の時間だ。

野添《のぞえ》が立ち上がり、僕もローベッドから腰を上げた。

「今日はありがとうございました」

「別に。僕は付き添っただけだ」

だけど、野添《のぞえ》は首を横に振る。

「いえ、きっとわたしひとりではできませんでした」

「できるさ。好きな服を着て歩くだけだ。難しいことじゃない」

野添《のぞえ》には在り方を含めた理想があるのかもしれない。だけど、今はまだその理想に届かないからといって諦めないでほしいと思う。

「じゃあ、今日はこれで」

「ああ」

そうしてギャル系ファッションが好きな深窓のご令嬢、野添瑞希《のぞえみずき》は僕の部屋を後にした。

週が明けた月曜には、制服を着た彼女がいつものように落ち着いた笑みを浮かべながら教室の席に座っているのだろう。

interlude1　歯車が回りはじめる

その夜は好きなコンビニスイーツがどれも品切れで、それならばと散歩がてら少し足を延ばして別のお店に行ってみたら、そこでばったり赤沢《あかざわ》さんと鉢合わせてしまったのだった。

思わず声が出そうになったけど、どうにかぐっと堪える。

大丈夫と自分に言い聞かせた。今は学校でのわたしとはかけ離れたギャル系の服に身を包んでいる。これまで誰にもわたしだと気づかれたことはないし、赤沢《あかざわ》さんだって気づかないはず。


「ああ、野添《のぞえ》か」


だけど、すれちがった直後、彼は誰に言うわけでもなく、ひとり納得したのだった。

「い、いえ、人ちがいです……！」

わたしはそれだけを言うのがやっとで、その場から逃げるようにして立ち去った。


自室で頭を抱える。

よりにもよって赤沢《あかざわ》さんに見られるとは思わなかった。あのコンビニから彼の家が近いことは知っていたけど、たまたまわたしが行った日の同じタイミングで赤沢《あかざわ》さんが現れるとは……。

あんな恰好《かっこう》をしていたにも拘《かか》わらずわたしだと気づいてくれたのは嬉《うれ》しいけど、複雑な気持ちだった。赤沢《あかざわ》さんはどう思ったのだろう……？

だけど、翌日赤沢《あかざわ》さんはあっさりとこう言ったのだった。

「所詮はファッションの話だよ」

赤沢《あかざわ》さんは去年、窮地にあったわたしを助けてくれた。

絶対に機嫌を損ねてはいけないと、入学したばかりの新入生の耳にも噂《うわさ》が入ってくるような怖くて気難しい根来《ねごろ》先生に、赤沢《あかざわ》さんはわたしのために楯突《たてつ》いたのだ。

わたしはあの日からずっと彼を見ていた。

「ダメよ、野添《のぞえ》さん」

それはクラスメイトの日下比奈子《くさかひなこ》さんの声だった。

わたしは現実に引き戻される。

「去年も同じクラスだったんだから知ってるでしょ。根来《ねごろ》に目をつけられたくなかったら赤沢《あかざわ》に関わるなって」

先日のこともあって、少し赤沢《あかざわ》さんを見すぎていたのかもしれない。咎《とが》めるような調子で彼女はそんなことを言った。

「ですが……」

「ですが、じゃなくて」

わたしの言葉が遮られる。

「赤沢《あかざわ》が何をやったのか知らないけど、どうせ自業自得《じごうじとく》でしょ。そんなのに関わって野添《のぞえ》さんまで目をつけられることはないって」

「そうそう。うちらとしては根来《ねごろ》の小言や嫌味をぜんぶ赤沢《あかざわ》が引き受けてくれてたから助かってたけどね」

ほかの子も同調する。これがこのクラスでの赤沢《あかざわ》さんの扱いだ。

そして、このわたしも少なからずその一端を担《にな》っている。去年のあの件の後、一度だけ赤沢《あかざわ》さんとふたりきりで話す機会があり、そのとき彼は言ったのだ。

『いいか、野添《のぞえ》。生徒指導室で何があったか絶対に誰にも言うな。根来《ねごろ》が生徒にやり込められたなんて話が広まれば、それはそれで痛快だがあいつの怒りの矛先は野添《のぞえ》にまで向く』

そう赤沢《あかざわ》さんに口止めされ、わたしは未《いま》だに沈黙を守っていた。だから、彼がおかれているこの状況はわたしにも責任がある。

「でも、野添《のぞえ》さんの気持ちもわかるなぁ。ちょっと色っぽいよね、赤沢君《あかざわ》」

「そうそう」

日下《くさか》さんとはまた別の女の子たちがうなずき合う。

「本を読んでるときとか、考えごとしてるときとか」

「髪の毛ちょっとウェーブしているのも、わたし的にはポイント高いかな。この前、髪かき上げた瞬間に目が合って、ちょっとどきっとしちゃった」

などと話題にできるのは、今年度になって根来《ねごろ》先生と縁が切れたからだろう。もうあの先生はクラス担任ではないし、授業もない。

尤《もっと》も、わたしとしてはそういう方向で赤沢《あかざわ》さんが注目されてほしくはないのだけど。

「どこがよ」

鼻を鳴らし、吐き捨てるように言ったのは日下《くさか》さんだ。

彼女は先の子たちとは反対に、頑《かたく》なに赤沢《あかざわ》さんへの態度を変えようとしない。それだけ根来《ねごろ》先生を怖《おそ》れているのだろう。さっきのようにわたしと彼が近づくことを阻《はば》もうとするのも、わたしのためを思ってのことだと思うのだけど……。

これはいい機会なのかもしれない。

図らずもわたしと赤沢《あかざわ》さんの歯車が回りはじめた。ずっと止まったままだった時間が動き出したのだ。

わたしは失われた一年を取り戻したかった。

第2章　夜はコンビニで待ち合わせ

1

ホワイトボードに数式が書き連ねられていく。

きれいな字で、読みやすい。

書いているのは先生ではない。野添瑞希《のぞえみずき》だ。彼女が問題を解いているのだ。

「……できました。どうでしょうか？」

やがて最後まで解き終えると、野添《のぞえ》は先生が見やすいよう一度教壇を下りた。

「問題ない。正解だ。席に戻りなさい」

それを見た先生がどこか誇らしげに告げると、野添《のぞえ》が「ありがとうございます」と軽くお辞儀をした。

教室のあちこちで「すごーい」「あれわかるんだ」「俺、一行も書ける気しねぇ」など、彼女を称賛する声が上がる。

「よーし、まずはこれを書き写せ。後で解説する」

先生が騒ぐなとばかりにそう言うと、生徒たちは慌ててシャーペンを手に取った。

野添《のぞえ》が席に戻る。

その際、僕の横を通ったとき、わずかに僕の肩に触れた。何だろうと思い、僕は彼女の動きを目で追った。

野添《のぞえ》の席はこの列ではない。だから板書の邪魔にならないよう一度教室のいちばん後ろまで行って、自分の席がある列へと回り込んでから今度は後ろから席を目指す。程なく着席した彼女はちらと僕を見て——そうしてから顔を前へ向けたのだった。

§§§

その日の夜。

僕は部屋で時計が間もなく午後八時を指そうとしているのを確認してから外へ出た。

行き先はいつものコンビニ。

近くまでくると、野添《のぞえ》がイートインにいるのが見えた。人が座ったら隠れるような高さまでは目隠しのため摺《す》りガラス状になっているので、彼女は背筋を伸ばし、首をせいいっぱい伸ばして外を窺《うかが》っていた。僕はその姿にミーアキャットを連想した。

野添《のぞえ》は僕を見つけると、ぱっと目を輝かせた。手を振ってきたので、僕も軽く片手を上げて応えた。

店の中に入ると、僕はもう一度野添《のぞえ》に合図を送ってから、イートインではなく売り場へと向かった。冷凍庫から氷の入ったカップを取り出し、レジで精算。そうしてからイートイン近くのサーバーでアイスコーヒーを淹《い》れた。

それを持って野添《のぞえ》の横のイスに腰を下ろす。正しい利用方法だ。ようやく胸を張って座ることができた。

「きてくれたということは、ちゃんと伝わったんですね。よかったです」

と、何やらはにかみながら言う野添《のぞえ》。

「よくないだろ。僕が察しの悪い人間なら待《ま》ち惚《ぼう》けだぞ」

我ながら、よく気づいたと思う。

「セレナを使え、セレナを。そのほうが確実だ。僕から話しておくから」

「いやです、そんなの」

いつぞやのように頬をふくらませる野添《のぞえ》。なぜこんなにも頑《かたく》なにセレナを仲介するのを拒むのだろうか。

「わたし、赤沢《あかざわ》さんは気づいてくれると信じてますから」

「信じるのは勝手だけどな。僕が気づいてなくて待《ま》ち惚《ぼう》けを喰《く》っても文句は言うなよ」

これに関しては僕のほうにも待ち惚《ぼう》ける危険がある。僕が勝手に合図だと解釈して無駄足を踏む場合だ。尤《もっと》も、たいした距離でもないから、いないならいないで帰るだけだが。

「で、また何か大事な話でも？」

それよりもこうして呼ばれた理由だ。

「え？　いえ、大事というほどではないのですが……。あ、そうだ。どうですか、今日の服」

不意に野添《のぞえ》は立ち上がってみせた。体ごとこちらへと向き直る。

今の彼女は、ショートパンツにトップス、その上にオフショルダーのブルゾンをラフに羽織るというスタイルだった。頭にはキャップ、足もとはこの前と同じハイカットのスニーカー。

「よく似合ってるよ」

「ありがとうございます。赤沢《あかざわ》さんにそう言ってもらえると嬉《うれ》しいです」

野添《のぞえ》は言葉通り嬉《うれ》しそうに笑みをひとつ見せると、再び腰を下ろした。背筋がすっと伸びたきれいな座り方で、教室で深窓の令嬢然としているその姿のままだ。

「続けることにしたのか？」

「ええ、まぁ」

野添《のぞえ》は苦笑。

「やっぱり好きですから」

「正しいよ」

野添《のぞえ》はこういうギャル系の服が好きなのだが、その在り方の理想が高すぎて心が折れそうになっていた。しかし、どうやらまだ諦めず好きな服を着続けるようだ。それが正しいと思う。

「前にも言ったけどさ、ファッションって着るものなんだよな。自分を覆うものじゃなくて。そこは間違えないほうがいい」

もちろん、そういう例もある。僕の実家の近所に住む女性は大学に合格した後、パニック症候群を発症した。電車に乗ることができなくなり、大学にも行けなくなってしまった。だが、しばらくすると濃いめのメイクにゴスロリファッションで出かけるようになった。聞いてみたら、その恰好《かっこう》なら電車にも乗れるのだそうだ。彼女にとってファッションは自分を守る鎧《よろい》なのだろう。

野添《のぞえ》は『特別な何か』になりたいと言った。そうであるなら自分を覆って何かになるのではなく、自分を着飾ることで何かになってほしいと思う。見た目はギャルでも、中身は深窓の令嬢。どこかアンバランスだけど、それが野添瑞希《のぞえみずき》のスタイルならそれでいいのだろう。

「何だか変な感じですね」

不意に野添《のぞえ》がそうつぶやいた。

彼女の前には小さなレジ袋があり、目はそこに向けられている。中はコンビニスイーツか何かだろう。好きな商品があるのか、ここに座るために買ったのか。

「何が？」

「教室で毎日顔を合わせていても話せないのに、こんなところで会って話してます」

「確かにな」

赤沢公親《あかざわきみちか》と関わると根来《ねごろ》に目をつけられる——それが一年のときのクラスの共通認識だった。そこにどんな事情や背景があろうが関係はない。根来《ねごろ》に目をつけられるという明白な結果が予想できる以上、赤沢公親《あかざわきみちか》と関わる行為は忌避される。特に野添《のぞえ》は人気ものだ。周りは彼女を僕に近づけさせない。それが野添《のぞえ》のためであり、そのためには野添《のぞえ》の意思すら無視される。

「こんな時間に外出していいのか？」

今さらだが僕は尋ねる。

野添《のぞえ》とここで会うのは偶然だった最初の一回も含めてこれで四回目だ。明らかに遅いというような時間ではないが、こんな時間に出かける娘を家族は心配しないのだろうか。

「大丈夫です。うちは放任主義なので」

放任主義と言うと聞こえはいいが、実際にはただほっとかれている場合もあるだろう。しかし、野添《のぞえ》の場合は彼女自身がしっかりしているから、信頼の上に成り立った放任主義ではないかと想像する。

「お友達の家でホームパーティみたいなことをして、もっと遅く帰ってくることもありますし」

「いいんじゃないか」

女子高生らしいかどうかは僕にはわからないけど、楽しそうで何よりだ。

「わたし、こう見えてけっこう料理ができるほうなんですよ」

「こう見えてって、別にできても意外だと思わないけどな」

確かに今はギャルっぽい姿だが、教室での野添《のぞえ》を知っていれば料理ができてもおかしくないと思う。

「え？　そ、そうですか？　ありがとうございます。……そ、それで、ですね――」

と、野添《のぞえ》はただでさえ真《ま》っ直《す》ぐな背筋をさらに伸ばし、なぜか緊張の面持ちでかしこまった。

「赤沢《あかざわ》さん、今日も夕食はまだでしょうか？　もしまだなら――」

「いや、今日はもう食べた」

「え……？」

野添《のぞえ》が目をぱちくりさせる。

何となくその様子が面白くて、僕はどこか感心したように彼女を眺めながらアイスコーヒーをストローで吸い上げた。

「食べたんですか……？」

「ああ」

なぜか確認されてしまい、僕は首肯する。

「この前、野添《のぞえ》にちゃんと食べろと言われたし、少し腹も空いてたからな。と言っても、サンドウィッチだけど」

「……」

野添《のぞえ》は絶句した後、がっくりと項垂《うなだ》れた。

「どうした？」

「……いえ、何でもありません。三食ちゃんと食べることはいいことだと思います」

そのままぼそぼそと答える。

いったい野添《のぞえ》の中でどんな心の動きがあったのだろう？

どうも僕には難しすぎるようだ。

2

昼休み。

夕食をその日の気分で食べたり食べなかったりする僕だが、昼食は必ず食べることにしている。コンビニで買ってきたおにぎりをふたつ、というのが定番だ。

そのおにぎりを片手に図書館で借りてきた本を読んでいると、僕の耳に女子の笑い声が聞こえてきた。

見れば輪の真ん中に野添《のぞえ》を置いたグループだった。話が盛り上がったのだろう。大きな笑いが巻き起こったようだ。野添《のぞえ》もころころと笑っていた。

しばらく、彼女の横顔を眺める。

　このところこんなことばかりしているように思う。野添《のぞえ》がまたサインを送ってくるような気がするのだ。とは言え、僕が見ていないにも拘《かかわ》らずサインを送ってくるとは思えないので、こうして注視している必要はないはずだ。半分くらいは単に僕の気にしすぎだろう。

　そもそもセレナをメッセンジャーに使えば何の問題もないのだが、どうも野添《のぞえ》はそれがご不満のようだ。

「ん？　なに見てんだ？」

　いきなり僕の視界に顔が割り込んできた。

　背の高い体を折り曲げるようにして僕の顔を覗《のぞ》き込んできたのは、その榛原《はいばら》セレナだった。

「気になるなら、僕じゃなく僕の視線の先を見ろよ」

「聞いてるんだろ。おしえてくれないのかよ」

　セレナが体を起こし、相変わらず男みたいな口調で文句を言いつつも僕と同じ方向を見る。

「野添《のぞえ》さん？」

　どうやらすぐに見当がついたようだ。

　僕が見ている先には女子のグループがいる。普通に考えれば僕が誰を見ているかまではわからないはずだが、この場においては野添《のぞえ》であろうと予想するのは至極当然のことだ。

「もしかして気になってるのか？」

「別に。そういうわけじゃないよ」

ちがう意味で気にはしているけれど、と心の中だけで付け加える。

「ま、チカだからな」

セレナは苦笑する。

どうやら彼女の目には、愛だとか恋だとか、僕はそういう色恋沙汰には無縁に見えているらしい。……そこまで無関心ではないつもりなのだが。

「チカ、何か隠してる？」

不意にセレナが聞いてくる。

「どうして？」

「何となく」

「女の勘というやつか。怖いな。……隠してるよ」

セレナは根来《ねごろ》の目を盗んで僕と友達づき合いをしてくれる数少ない友人だが、どこまでいっても他人だ。言っていないことなどいくらでもある。野添《のぞえ》のことがまさにそうだし、隠しておきたいこともそれだ。

「正直なのはチカのいいところだけどな……」

僕の堂々とした態度に、セレナが顔を引《ひ》き攣《つ》らせる。

「そういうセレナのいいところは、人の秘密を詮索しないことだろうな」

「それ言われたら何も聞けなくなるだろ、まったく」

そして、今度は呆《あき》れたようにため息を吐いた。

僕はそんな彼女にかまわず、とまっていた手を動かし食事を再開する。セレナはもう食べ終えたらしい。というよりは、僕が遅いといったほうが正確だろう。家でもそうだが、こうして本を読みながら食事をしていると、気がついたら食べる手がとまっているのだ。きわめてシングルタスクに近い。

「もうあれから一年か。確か去年の今ごろだよな」

不意にセレナは野添《のぞえ》を見ながらそんなことを言う。

彼女が言っているのは根来《ねごろ》とのことだろう。セレナは去年の根来《ねごろ》と僕、野添《のぞえ》の間に何があったかを知っている。

「野添《のぞえ》さんの性格からして、ずっと黙ってるのもしんどいんじゃないか？　チカ、口止めしてるんだよな？」

「もちろん」

根来《ねごろ》が怒りを向ける相手は、あのとき横槍《よこやり》を入れた僕だけで十分だ。

「とは言え、どのみち同じ結果になったさ」

もし仮に野添《のぞえ》が何かを訴えようとしてもできなかっただろう。前にも述べたことだが、彼女は男女問わず多くの生徒の憧れの的だ。野添《のぞえ》が学校での立場を悪くするような行動をとろうとしても、彼女の熱狂的なファンがそれを許さないにちがいない。野添《のぞえ》を守れ。赤沢《あかざわ》を矢面に立たせて盾にしてしまえ、と。野添《のぞえ》に力がないわけではない。周囲の過剰な忖度《そんたく》の結果が状況をそうさせているのだ。

そのいい例が、先日教室で野添《のぞえ》が僕と話そうとしたときのことだろう。あのときはクラスメイトの日下比奈子《くさかひなこ》が僕と野添《のぞえ》を引き離し、僕に向かって野添《のぞえ》に近づくなと警告までしている。尤《もつと》も、彼女は野添《のぞえ》に対してやや狂信的なところがあるので、あれが周囲の生徒の平均値とは言い難《がた》いが。

それに当時のクラスは、僕を仲間外れにすることで団結してしまった。言わば大義名分を得たいじめであり、それがあの小さな社会では正しい行いだった。野添《のぞえ》ひとりの力でそこを切り崩すのは容易ではなかっただろう。

「ま、確かに」

当然、セレナもまた状況を正確に把握していた。そういうものの見方ができるからこそ、彼女は僕と友人でいてくれるのだ。

「でも、そのあたりは解決しつつあるから、そんなに気にすることはないよ」

実際、野添《のぞえ》は僕に謝ろうと、何度もマンションの前まで足を運んでいたらしい。結局はうまく言葉にできず、背を向けて帰るよりほかなかったようだが。

確かに解決しつつある。一年の時を経てあらためて野添《のぞえ》は僕に謝り、学校の外とは言え僕と話ができる状況になったことで幾分か気が楽になっただろう。だけど、クラスで孤立気味の僕の姿を見れば、野添《のぞえ》はそのたびに胸を痛めるはずだ。

その一方で、『解決しつつある』と『解決した』の間には大きな隔たりがあるのも事実だ。状況はエスカレータ式にシフトはしてくれない。『解決した』へと変化させるにはひとつ大きなアクションが必要だろう。機を窺《うかが》っておかないと。

そう考えたところで食事を終えた。おにぎり二個分の包装フィルムが入ったレジ袋の口を結び、小さくまとめる。

セレナが僕の前の席に腰を下ろした。

「ところでさ、チカ」

彼女は内緒話でもするように切り出してくる。

「午後の英語の和訳、見せてくれないか？」

「僕のところにきたのはそれが目的か」

もちろん理由がないと話しかけてこないわけではないが、何となく今は明確な理由があるような気がしていたのだ。

「竜之介《りゅうのすけ》に頼めよ」

「ダメだ。神谷《かみや》はケチだからジュース奢《おご》れとか言ってくるに決まってる」

セレナはふんと鼻を鳴らす。

「そうか。なら僕は昼食一食分で手を打とう」

「神谷《かみや》より上がってるだろっ」

「なに、僕の一食なんて安いものだ」

僕の昼食はだいたいさっきのようにおにぎり二個ですんでしまう。金額にして三百円くらいのものだろう。

「ま、こんなものでよけりゃ好きにすればいいさ」

僕は机の中からノートを取り出すと、セレナに差し出した。

「さっすが、チカ。あの小《ち》っこいのとはちがうな」

セレナはそれを見て目を輝かせる。別に竜之介《りゅうのすけ》が吹っ掛けてきたわけでもないだろうに。それで勝手に評価を下げたなんて知ったら、あいつが怒ってくるぞ。

「ただし――」

僕はノートを一度引き寄せる。受け取りかけていたセレナの手が空振った。

「……your eyes only」

「え、なに？　書き写したらダメなのか？」

「あえて質問で返すけど、書き写すつもりか？」

長文和訳なんて、一度解答を目にしておくだけで十分だろう。セレナの英語の成績は悪くない。彼女ならそれをとっかかりに自分で考えることができるはずだ。というか、それくらいはやってほしい。

「わかった。それでいい」

と、セレナが渋々ながら条件を呑んだので、僕はあらためてノートを差し出した。

「礼はちゃんともらうからな」

「別にいいよ。デート一回でいい？」

そう冗談めかして言えば、セレナもまたにやにやと笑いながら言い返してきた。

「ああ、それでもいいな」

「えっ⁉」

セレナが盛大に驚く。自分で聞いておいて、その返事に驚くとはどういう了見だろうか。

その発音は思いがけず大きく、彼女がよく通る声をしているのもあって、教室中に響いた。

クラス中の生徒が驚いてこちらを向く。驚く生徒の中にはセレナ自身も含まれていた。自分でも予想外だったらしい。

「あ、ごめん。何でもない」

彼女が慌てたようにバタバタと手を振ってクラスメイトに何ごともないことを伝えると、みんな途端に関心を失ったように、こちらに向けていた顔をもとに戻した。

だが、ただひとり、野添《のぞえ》だけは未《いま》だ真顔でこちらを見ていて――僕と目が合いそうになると、すっと視線を外したのだった。

僕はセレナへと向き直る。

「うるさいやつだな」

「い、いや――」

僕に怒られて、セレナは不貞腐《ふてくさ》れたように言い訳めいたことを口にする。

「まさかうなずくとは思わなかったからさ」

「まぁ、それもそうか」

確かに僕は休みの日に友人と遊びにいくようなことをしてこなかった。そもそも友人がいないというのもあるが、遡ればそれは『赤沢《あかざわ》に関わると根来《ねごろ》に目をつけられる』という例の噂《うわさ》に端を発する。

当然、セレナや竜之介《りゅうのすけ》は何度か誘ってくれていたが、それこそふたりが根来《ねごろ》に目をつけられてはいけないと思い、すべて断っていた。

その僕が首を縦に振ったのだから、セレナが驚くのもむりからぬこと。

「どういう風の吹き回し？」

「たまにはいいかと思っただけさ」

たぶん先日野添《のぞえ》と一緒に出かけたのが多少なりとも影響しているのだろう。ああいうのも悪くないと思ったのだ。

「念のために聞くけど、あたしとふたりじゃないよね？」

「まさか――なんて言ったらセレナに悪いな。仮にふたりだとしても、あくまで友達としてだ」

「よねぇ」

セレナは苦笑しながら、どこかほっとしたように言う。

「わかった。チカにその気があるんなら、神谷《かみや》も誘ってどこかに行きますか。……チカ、ご希望は？」

「残念ながら僕にそんなものはなくてね。セレナに任せるよ」

僕の休日の過ごし方は、家以外なら市の図書館くらいのものだ。そんなことを言い出そうものなら間違いなく顰蹙《ひんしゅく》を買う。

セレナがさっそく鼻歌交じりにスマートフォンで何やら検索をはじめた。いったいどんな壮大なプランを立てるつもりなのだろうか。三人でふらっと出かけるだけだろうに。

ふと、視線を感じた。

そちらを見る。それはつい先ほども見た方向だった。即《すなわ》ち、野添瑞希《のぞえみずき》を中心にしたグループがいる方向である。

野添《のぞえ》が僕を見ていた。

心なしか頬をふくらませていて――僕が彼女に気づくと、やはりまたそっぽを向くようにして顔を背けたのだった。

あれは何かのサインだったのだろうか？

いまいち判然としない。

考えていてもわからず、かといって確認する術もない。仕方がないので僕は、部屋の壁掛け時計が午後八時を指しかけているのを見て家を出た。

夜の住宅街を抜け、辿《たど》り着《つ》いたのはいつものコンビニだった。ここは交差点のすぐそばにあり、信号が赤だからとこの敷地《しきち》を通り抜けていく車が頻繁に見られる。そんなショートカットをしたところでさほど時間は変わらないだろうに。

§§§

行き交う車に注意しながら広い駐車場を横切っていると、外に漏れ出る店の光の中、イートインに野添《のぞえ》の姿があった。やはり学校でのあれは待ち合わせのサインだったか。

野添《のぞえ》はミーアキャットの形態模写の最中で、こちらに気づいた様子を見せたので僕も片手を上げて応えようとしたのだが、なぜか彼女は身を伏せてしまった。行き場を失《な》くした僕の手が虚《むな》しく宙を彷徨《さまよ》う。

店に入り、すぐ横のイートインに目をやれば、野添《のぞえ》は僕のことなど素知らぬ顔でホットコーヒーを飲んでいた。思わず首を傾《かし》げる。僕を待っていたのではなかったのだろうか？

ひとまず売り場へ行き、アイスコーヒーのカップとサンドウィッチを二種類買った。これを夕食にするつもりなので少し重めのロースカツがはさまったものと、サラダが具材のもの。

僕は会計をすませると、今度はイートインコーナーのそばのコーヒーサーバーへと移動した。氷の入ったカップをセットし、ボタンを押す。低い唸《うな》り声とともにコーヒーが抽出されている間、気まぐれに野添《のぞえ》へと目をやれば、彼女も僕を見ていて——野添《のぞえ》は慌てて背を向けた。

コーヒーを淹《い》れ終わると、僕はそこにフレッシュをふたつ入れてから野添《のぞえ》のもとに向かう。

「僕に何か話でもあったのか？」

「別に？　何もありませんよ」

彼女の態度は素っ気ない。

「でも、野添《のぞえ》はここにいる」

「赤沢《あかざわ》さんを待ってたわけじゃありません。たまたまです」

そうきっぱりと言いきる。

だとしたら僕の考えすぎだったのだろうか。野添《のぞえ》がまた何かサインを送ってくるかもしれないと身がまえるあまり、何でもない仕草をサインと勘違いしてしまったのかもしれない。

僕は野添《のぞえ》の隣のイスに腰を下ろし、持っていたサンドウィッチをテーブルの上に置いた。

「あ……」

直後、野添《のぞえ》が小さく発音した。

「どうした？」

「い、いえ、別に……」

彼女はまた逃げるように顔を背けた。

「夕食、まだだったんですね……」

一度は沈黙した野添《のぞえ》だったが、程なくして口を開く。

「ああ」

「それならそうと言ってください……」

どこか不貞腐《ふてくさ》れたような彼女の態度。

「うん？　どうして僕が野添《のぞえ》にそんなことを申告しなくちゃいけないんだ？」

この場にきて夕食を食べたと報告する意味がわからない。

その一方で、コーヒーだけを飲んでいる女の子の横で男が食事というのも恰好《かっこう》がつかない気がするので、このサンドウィッチは食べずに持って帰ることにする。

「もういいです……」

と、口を尖《とが》らせる野添《のぞえ》。

「もしかして何か怒ってるのか？」

「いいえっ。怒ってませんっ」

ヤケクソのように言い放つ野添《のぞえ》を見て、言葉通り怒っていないと受け取る人間はまずいないだろう。さすがに僕でもわかる。

これ以上この話を掘り下げるのはやめておいたほうがいい気がする。僕は話題を変えることにした。

「その服、よく似合ってるな」

「はい？」

急に話が服のほうに移ったからか、野添《のぞえ》は少し面喰《めんく》らったようだ。

今日も変わらず彼女はギャル系ファッションに身を包んでいた。鎖骨も露《あらわ》なオープンショルダーのトップスに、スキニーなデニムパンツという姿だ。

「そ、そうですか？　ありがとうございます……」

野添《のぞえ》は自分の好きなファッションを褒められたからか、恥ずかしそうにしながらもまんざらでもなさそうな様子だった。

「前から思ってたけど、野添《のぞえ》は意外とそういう肌の多く出る服が好きなんだな」

「え……？」

再び野添《のぞえ》の小さな発音。

彼女は己に目をやる。主に肩回り。そうしてから――、

「あ、あまり見ないでください……」

消え入りそうな声でそう言ったのだった。

想像するに、野添《のぞえ》は服のデザイン性にばかり目がいって、自分でどの程度肌を出しているかわかっていなかったようだ。僕に指摘されて初めてそれを理解し、恥ずかしくなったのだろう。

野添《のぞえ》は落ち着かない様子で袖を肩に引き上げたりしているが、すぐに落ちてしまう。当たり前だ。その服はそういう構造になっていない。

どうやらまた話を変えなくてはいけないようだ。

「やはり連絡手段があったほうがいいんじゃないか？」

僕はそう切り出す。

前にも似たようなことを言ったが、こちらがありもしないサインを読み取っただけなら僕の無駄足ですむが、うっかりサインを見落とせば野添《のぞえ》がここで待ち惚《ぼう》ける羽目になる。そんな事故を起こす前に確実に伝わる連絡手段を確保しておくべきだろう。

「だからと言って榛原《はいばら》さんを――」

「いや、別にセレナに拘《こだわ》るつもりはない」

僕は野添《のぞえ》の言葉を遮って言う。彼女はセレナを介することを頑《かたく》なに嫌がるので、この反応は予想していた。

「じゃあ、どういう……？」

「そんなもの普通にこれを使えばいいだろ」

僕はポケットに挿し込んでいたスマートフォンを取り出し、テーブルの上に置いた。

野添《のぞえ》は目をぱちくりさせながらそれを見ていたが――、

「い、いいんですか⁉」

「いいも何も、そのためのツールだ」

そんなに驚くようなことだろうか？

「まぁ、野添《のぞえ》さえよければ、の話になるが」

「もちろん、いいに決まってます！　じゃあ、さっそくＬＩＮＥを――」

「あ、悪い」

またも僕が野添《のぞえ》の発音を遮るかたちとなってしまった。

彼女は自分の端末を握ったまま不安そうに僕を見る。

「ＬＩＮＥは入れてないいんだ」

「え？　でも、榛原《はいばら》さんとは……？」

野添《のぞえ》は不思議そうに問い返してきた。

彼女がそんな顔になるのもむりはない。今やコミュニケーションツールと言えばＬＩＮＥだ。現役の高校生がそれをスマートフォンに入れていないなんてことはまずありえない。尤《もっと》も、そう言いつつ僕という例外がここにいるわけだが。

「やってない」

アプリケーションが入っていないのだから、当然そういう結論になる。

「もしかして榛原《はいばら》さんと話すのは学校だけですか？」

「そうなるな」

なぜそんなにセレナに拘《こだわ》るのかよくわからないが、僕は首肯する。

「だいたい学校の外でまで連絡を取り合うような用事もないからな」

そして、そもそも学校以外での僕の行動範囲はせまい。家にいるか、買いものに出ているか、市の図書館で本を探しているか。それくらいのもの。もし何か緊急の用があったとしても、その気になれば僕を捕まえることは容易《たやす》いだろう。

「悪いけど、電話かメールに――」

「いいえ、断然ＬＩＮＥです！」

今度は野添《のぞえ》が僕の言葉を遮り、力強く言いきった。

こちらに詰め寄りそうな勢いの彼女に、僕は思わず仰《の》け反《ぞ》る。

「メールなんて堅苦しいです。その点ＬＩＮＥなら気軽です」

気持ちは少しわかる。サブジェクトを書く必要がある時点で身がまえてしまうのだ。

「電話でもいいけど？」

「で、電話はダメです」

いきなり野添《のぞえ》の勢いが失速する。

「あ、赤沢《あかざわ》さんの声が耳もとで聞こえるので……」

電話とはそういうものだろう。

「だ、大丈夫です。わたしがちゃんと使い方を教えますから」

野添《のぞえ》が立て直した。

「ほら、早くやりましょう」

「あ、ああ」

僕は妙に乗り気な彼女に圧《お》されるようにして操作をはじめる。

野添《のぞえ》にも見せたほうがいいかと思い、端末をテーブルの上に置いた状態で作業をすることにした。

僕はLINEこそ使っていないが機械音痴というわけではない。野添《のぞえ》に教えてもらうまでもなくアプリストアに飛び、目的のアプリケーションを検索、ダウンロードした。

野添《のぞえ》はディスプレイの中で起こっていることが気になるらしく、隣から画面を覗《のぞ》き込んでくる。例の如《ごと》くやけに体を寄せてくる上に、今日も肌の露出の多い服を着ているおかげで、非常に落ち着かない気分だ。

「次はどうするんだ」

ダウンロードが終わり、ホーム画面にアイコンが追加された。それをタップしてアプリを起《た》ち上げたところで、ここぞとばかりに僕はスマートフォンを野添《のぞえ》のほうに寄せる。それに合わせて彼女が少し離れた。

「まずは個人設定ですね。ニックネームをつけましょう」

ようやく出番が回ってきたからか、野添《のぞえ》は弾むような声で指示してくる。

「ニックネーム？」

「あ、そんなに難しく考えなくていいですよ。みんなだいたい下の名前ですね。わたしも『瑞《みず》希《き》』です」

「そうか。なら僕もそうしよう」

さっそく僕はニックネームの項目に自動で入力されていた名前を消し、『公親《きみちか》』に変更する。しまった。ぜんぶ消さなくても苗字《みょうじ》だけ消せばよかったな。

そこからさらに野添《のぞえ》に教えてもらいながら簡単な初期設定をしていく。

「じゃあ、今度は友だち登録ですね。そこのアイコンをタップしてください。そうしたら二次元コードが出ると思いますので」

「出たな」

野添《のぞえ》の指示通りにすると、ディスプレイいっぱいに二次元コードの特徴的な画像が現れた。

「今回はそれをわたしのほうで読み取りますので」

その状態の画面に、野添《のぞえ》が自分のスマートフォンを近づける。すぐに音もなく目的を果たし、彼女は端末を引いた。

ディスプレイを覗《のぞ》き込む野添《のぞえ》。どうやらこちらの端末にはもう用はないようで、僕も自分のスマートフォンを手に取った。

「はい、これで完了ですね」

「こっちもだ」

友だちとして『瑞希《みずき》』が追加されている。ほかにも運営会社の公式アカウントも並んでいた。

利用に関する連絡が送られてくるのだろう。

これでテキストを打ち込み、話をするのか。今までやったことがないから、それで楽しんでいる自分が想像できない。

そんなことを思っているときだった。

「え……？」

野添《のぞえ》の小さな発音。

見れば彼女は画面を見て固まっていた。

「どうした？」

「き、公親《きみちか》、さん……」

なぜか顔を赤くしながら呆然《ぼうぜん》とつぶやかれたその言葉は、僕の呼びかけに応えてのものではなさそうだった。

「公親《きみちか》さんとお話……」

「僕もニックネームは名前にすると言っただろう」

なぜそんなにも驚くことがあるのか。

「えっ」

はっと我に返る野添《のぞえ》。

「そ、そうですよね……」

そして、彼女は誤魔化すように乾いた笑いをもらした。

「じゃ、じゃあ、今度何か送りますね？」

「別にいいけど僕はたいした話はできないぞ」

「たいした話なら電話か会って話しますよ。たいした話をしないのがＬＩＮＥですから」

なるほど。ちがいない。

問題は僕がそのたいしたことのない話ができるかだ。

「これでやっとひとつ榛原《はいばら》さんに……！」

「セレナ？」

野添《のぞえ》が何やら静かに力を込めて言うものだから僕は思わず聞き返す。

「セレナがどうかしたのか？」

「い、いえ、こっちの話です」

どうやら彼女は自分の声が口からもれているとは思っていなかったようで、慌てたように手をぱたぱたと振った。

さっきからやけにセレナの名前が出てくるな。

野添《のぞえ》が気を取り直すようにして居住まいを正した。イートインコーナーでテーブルに向かって座れば、体は外に向く。尤《もっと》も、そこには摺《す》りガラス状の目隠しがされているので、それこそミーアキャット の形態模写でもしないかぎり外は見えない。駐車場を行き交う車のヘッドライトがガラスを通して朧《おぼろ》げに見えるだけだ。

僕も体を前に向けた。視線を少し上げて、夜空を見る。


「……ずっと、楽しそうだなって思ってたんです」


不意に野添《のぞえ》が口を開いた。

まるで決して手の届くことのない星への憧れを語るような口調。

「何がだ？」

「赤沢《あかざわ》さんと、榛原《はいばら》さんと、神谷《かみや》くんがです」

と、野添《のぞえ》。

「クラスのみんなが赤沢《あかざわ》さんを無視する中、あのふたりだけは隠れるようにして赤沢《あかざわ》さんとおしゃべりをしていて——そういう姿がわたしにはとても楽しそうに見えていたんです」

「……まぁ、多少そういうところもあるかもしれないな」

　実際、セレナも竜之介《りゅうのすけ》も、僕と話をするのをゲームのように楽しんでいた。根来《ねごろ》の目を盗んで話をし、根来《ねごろ》が教室に入ってきたら席に逃げ帰る。根来《ねごろ》はふたりを睨《にら》みつけるが、竜之《りゅうの》介《すけ》もセレナも知らん振りでやり過ごす。そんなときはいつもしてやったとばかりに、後で僕に向けて笑みを見せていた。

　尤《もっと》も、それはあのふたりだからできることだ。根来《ねごろ》に目をつけられたら厄介だと思う気持ちはあるが、それと同時にセレナも竜之介《りゅうのすけ》もああいう陰湿なやり方が嫌いなのだ。

「でも、それってやっぱり普通じゃないです。普通は休み時間にクラスメイトと笑いながらおしゃべりをして、お昼休みは一緒に楽しくごはんを食べて、夜は勉強そっちのけでＬＩＮＥをして、女の子を……す、好きになったりとか——」

　野添《のぞえ》は恥ずかしかったのか、最後は声が消え入りそうになっていた。

「それが普通なんです」

　野添《のぞえ》はきっと僕の学校生活を気にしているのだろう。人目を忍ぶようにして友達づき合いをして、傍目《はため》には楽しそうに見えても絶対にそれは『普通』ではない。

　そして、その普通ではない学校生活に追い込んだのは自分だと思っているのだ。

「野添《のぞえ》、責任や義務で僕に関わるつもりならやめたほうがいい。それは正しくない」

「ちがいます。そんなんじゃありません」

　だが、野添《のぞえ》はきっぱりと否定する。

「わたしは赤沢《あかざわ》さんに、ここは自分の居場所じゃないなんて思ってほしくないんです」

「まだ正しくないよ」

今度は僕が言いきった。

自覚があるのかないのか、野添《のぞえ》は僕が今のような学校生活を送っているから、ここではない別のところに居場所を求めていると思っているのだ。

「前にも言っただろ、僕はもともと派手な学校生活には向いていないって。根来《ねごろ》とひと悶着《もんちゃく》起こしてなかったとしても、今とたいして変わらなかったよ」

きっと気の合う数人がいればいい人間なのだろう、僕は。孤立したことでセレナや竜之介《りゅうのすけ》が寄ってきたわけだから、そういう意味では人間万事塞翁が馬なのかもしれない。

「それでも心境の変化みたいなものはあったんだ」

「心境の変化？」

野添《のぞえ》は首を傾《かし》げる。

「この前、野添《のぞえ》と一緒に出かけただろ？　ああいうのも悪くないと思った」

「そうなんですか⁉」

「ああ、なかなか楽しかった」

やけに喰《く》いついてきた彼女に驚きつつ、僕はうなずく。

休日に友達と遊びに繰り出す。それこそが野添《のぞえ》の言うところの『普通』なのかもしれない。

派手な学校生活が苦手なのは変わらないし、その延長みたいに大人数ではしゃぎ回る気もないが、気の合う友達と一緒に学校以外のところに行ってみたいとは思うようになった。

「赤沢《あかざわ》さんにもそういうのがあっていいと思います」

僕は小さく笑う。

「かもしれない」

『普通』。

僕には似合わない言葉ではある。

「あ、あの……じゃあ、また今度一緒に――」

「おかげでセレナに今度どこかに遊びにいこうと言ったら驚かれたよ」

「はい？」

野添《のぞえ》がこちらを向き、目をぱちくりさせる。

「は、榛原《はいばら》さんを誘ったんですか……？」

「ああ。僕にはセレナと竜之介《りゅうのすけ》くらいしかいないしな」

正確にはセレナから冗談交じりに提案されたことだが、あのやり取りがなかったとしても遅かれ早かれ僕はふたりを誘っていただろう。

「ほ、ほかにいると思うんですけど。ほかにいると思うんですけど……」

野添《のぞえ》は何やら呪いの言葉でも吐くかのように、同じフレーズを繰り返す。

「うん？」

「いえ、もういいです……」

そして、がっくり項垂《うなだ》れた。

「野添《のぞえ》、どうかした――」

「何でもありませんっ」

そうかと思ったらいきなり勢いよく顔を上げ、すっかり冷めきっているであろうコーヒーをヤケクソのように呷《あお》る。

「そ、そうか」

僕はその迫力に押し負かされ、ようやくそれだけを口から絞り出した。

理由はわからないが、やはり怒っているようだ。

3

ある日の昼休み。

「LINEって何を話すんだ？」

と、僕は竜之介《りゅうのすけ》に聞いてみた。

彼の手には缶コーヒー。校内の自販機で買って教室に帰ってきたところで僕の姿が目に入り、そのままこちらにやってきたのだ。

「別に。その質問に答えられるほどの話はしてないよ。日常会話の延長」

「なるほど」

概《おお》ね野《の》添《ぞえ》と同じ。彼女もたいした話はしないと言っていた。

「例えば竜《りゆうの》之介《すけ》だったら？」

「オレならファッションとメイクとコスメかな」

見事に参考にならない例だった。いや、その話をする相手はおそらく女子だろうから、参考にはなる。僕にその真似《まね》ができないだけで。

竜《りゆうの》之介《すけ》はひとつ前の主不在の席に腰を下ろした。

「え、なに？　チカ、ついにＬＩＮＥ入れたの？　誰と話すの？　男子？　女子？」

僕に問われるまま答えていた彼だったが、ようやくそこに気づき——途端喰《く》いついてきた。

机越しに身を乗り出してくる。小柄なせいで上目遣いに僕の顔を覗《のぞ》き込む構図になった。

「うるさいやつだな。そういうんじゃないよ。ただ単に気になっただけ」

にやにやした顔にイラッときて、僕は思わず誤魔化す。

「だいたい僕がアプリを入れたと思ったんだったら、言うべきことはＩＤをおしえろじゃないのか？　友達甲斐《がい》のないやつだな」

「いや、だって、もしそうだとしてチカがほかの誰かとどう話せばいいかを心配している以上、チカはオレよりその誰かを特別だと思ってるわけだろ？　それならオレのやるべきことはその誰かを突き止めることだよ」

「ひどい結論だな」

　思ったとしても口にすることではない。

「しっかし、チカがＬＩＮＥに興味をねぇ」

　竜之介《りゅうのすけ》が感慨深げに言う。

「そんなに似合わないか？」

「似合わないって言うか、あんまりそこに重きをおいてないんだろうなって思う。普段と同じ会話をテキストでするってバカみたいだと思ってるだろ？」

「そこまでは考えてないよ。ただ、やったことがないからという意味で理解できてないだけ」

　どうも僕は世捨て人みたいに思われている節があるな。

「日常会話の延長か」

「難しく考えることないって。実際にやってみたらいくらでも言葉が出てくるものだよ」

　竜之介《りゅうのすけ》が明るく言う。絞り出すようにして声を発した僕が悩んでいるように見えて、安心させようと思ったのかもしれない。

「案外さ、チカもＬＩＮＥだと饒舌《じょうぜつ》になったり、普段言わないようなことを吐露したりするタイプかもね」

「そんなやつがいるのか？」

何となく竜之介《りゅうのすけ》が経験談を語っているように感じて、僕は聞いてみた。

「たまにね。誰かまでは言わないけど」

竜之介《りゅうのすけ》は苦笑する。

女子だろうか、と思った。面と向かって言えないことや同性には話せないことを竜之介《りゅうのすけ》に聞いてもらったのかもしれない。彼はそういう立ち位置にいる人間だ。

「僕がそんなタイプだと？」

「たぶんちがうんじゃない？　そうだったら面白いなっていうだけ」

竜之介《りゅうのすけ》はしれっと言う。

無責任なやつだ。

「それにしても、ＬＩＮＥで何を話すか悩んでるやつなんて初めて見た」

「ほっといてくれ」

無責任な上に失礼ときた。

僕は気まぐれに教室を見回してみる。いつものように野添《のぞえ》のところに何人かの女子が集まっていた。何やらおおいに盛り上がっているようで、その中心では野添《のぞえ》が微笑《ほほえ》みながら皆の話を聞いている。

先日彼女とＬＩＮＥのＩＤを交換したが、今のところそれを使ったアクションはなかった。

こちらからメッセージを送ったほうがいいのだろうか？　とは言え、そんなことがさらっとできるくらいならこうして竜之介《りゅうのすけ》に相談などしていない。

何やら厄介なものを抱えてしまったような気もするが、なるようにしかならないだろう。

「ところで、オレにIDは聞かないの？」

と、竜之介《りゅうのすけ》。

「ああ、まったく考えもしなかったな」

「友達甲斐《がい》がないのはお互い様じゃないか」

僕の返事に、彼は苦笑交じりに吐き捨てた。

§§§

噂《うわさ》をすれば影が差すとはよく言ったもの。

その日の夜だった。

僕が部屋のローテーブルで勉強をしていると、横に置いていたスマートフォンから小さな効果音が聞こえた。手に取って見てみると、ロック画面にはＬＩＮＥがメッセージを受信したことを示す通知が表示されていた。

野添《のぞえ》からだ。開けてみる。

『こんばんは。いま何してますか？』

そんな短い一文だった。

何か用だろうか？　それとも世間話か？

『勉強』

僕はシャーペンを持っていない左手でスマホを操作し、返事を打つ。野添《のぞえ》以上に短いものになった。

このままでは味気ないと思ったわけではないが、すぐに次を送った。

『何か用ならいつものコンビニに出ていこうか？』

『いえ、このままLINEがいいです』

聞いてはみたものの、あっさり断られた。

同じ時間という条件ならテキストでやり取りをするよりも、会って直接話をするか電話のほうが情報量が多いはずだ。それでも「ＬＩＮＥでいい」ではなく「ＬＩＮＥがいい」というあたり、野添《のぞえ》はそこに何らかのメリットを見出《みいだ》しているのだろう。

『好きなのか？』

『好きというよりは新鮮です。赤沢《あかざわ》さんとこういうかたちで話すのは初めてですから』

『僕なんかより女子の友達と話してるほうが楽しいだろうに』

『クラスの友達とのＬＩＮＥは少し苦手です』

野添《のぞえ》も心中複雑そうだ。彼女はいい子だから、自分の立場や役割といったものを考えてしまうのだろう。服に関してもそうだ。周りにはギャル系ファッションなんて好まないと思われているから堂々と着れないと言っていた。

僕くらいはちゃんと野添《のぞえ》のことを見てやらないと。

未《ま》だ右手に持っていたシャーペンをテーブルに置き、意識を参考書からスマートフォンへと向けた。

『竜之介《りゅうのすけ》から聞いたけど、ＬＩＮＥだからこそ言えるようなこともあるらしい。野添《のぞえ》もそうなのか？』

『わたしはそういうのはできないほうですね』

それは野添《のぞえ》の性格によるものか、それとも立場によるものか。

『でも、せっかくだから赤沢《あかざわ》さんには言ってもいいですか？』

『僕でよければ聞くけど？』


と、返してみたのだが、どういうわけかそこで会話は途切れてしまった。待てど暮らせど、野添《のぞえ》からの次のメッセージが送られてこない。

何か気に障《さわ》るようなことを言っただろうか？　と思ってこれまでのやり取りを読み返してみるが、それらしいワードはないように見えた。それどころか当《あ》たり障《さわ》りがなさすぎて、怒らせもしないが面白味もない会話だ。これでいいのか心配になる。

さて、こういう場合はどうするのが正しいのだろうか。先を促すほどの話でもないので、そうするのも躊躇《ためら》われる。かと言って、手に持ったスマートフォンをずっと見つめて待っているのも、何というか滑稽だ。

結局、僕は一度端末を置くことにした。何か理由があるのだろう。続けられる状況ではなくなったか。或《ある》いは、話を切り上げたくなったらいつでも切り上げてもいいのがLINEというものなのかもしれない。

そうして勉強を再開して十分ほどがたってからだった。

『公赤沢《あかざわ》さんは今日はちゃんと夕食を食べましたか？』

ようやく野添《のぞえ》からメッセージが届いた——のはいいのだが、ごく普通の内容だった。彼女にしては珍しく誤字がある以外は。『LINEでしか言えないようなこと』はどこにいったのだろうか？

今日は食べた、と返事を打とうとしたとき、

『あ』

「あ？」

続いて送られてきたメッセージの不可解さに、思わず僕はそれを声に出して読んでしまった。

そこからさらに矢継ぎ早にテキストが飛んでくる。

『うちはハッシュドビーフでした』
『母が作るハッシュドビーフは美味《おい》しいです』
『子どものころからずっと好きです』
『わたしも作れるので、今度夕食にどうですか？』
『あ』
『そうじゃなくて』

少し前のメッセージがあっという間に押し流されていく。挙げ句の果てに、また「あ」だ。こちらが口をはさむタイミングが計れない。これが噂《うわさ》のＬＩＮＥだと饒舌《じょうぜつ》になる現象だろうか。

『すみません。わたしも勉強に戻りますので、今日はこのあたりで。おやすみなさい』

そして、最後に見たことのないキャラクタがおやすみの挨拶をしているスタンプが送られてきて、唐突に会話は終わる。

僕もようやくここで「おやすみ」と返すことができた。しばらくアプリの画面を見ていたが、僕が送った最後のメッセージはいっこうに既読にならない。きっと野添《のぞえ》はもうスマートフォンを置いたのだろう。

こうして僕の初めてのＬＩＮＥが終わった。

もうちょっと落ち着いてやり取りできれば楽しいのではないかと思う。これは妙に慌ただしかった野添《のぞえ》に原因があるのか、それともＬＩＮＥとはこういうものだと理解すればいいのか。

4

金曜日。

朝、目が覚めて、ヘッドレスのローベッドを下りたとき、僕は自分の異変に気がついた。キッチンへと向かおうとした足がふらついたのだ。

いや、ふらついたのは頭か。

僕は足取りを慎重にしてキッチンに辿《たど》り着《つ》くと、食器棚の上に置いていた救急箱を下ろした。そこから体温計を取り出し、熱を測ってみる。

案の定、微熱があった。

仕方がない。今日は学校を休むか。

すぐにでも再び寝たほうがいいと思ったが、学校に連絡をしなくてはならない。僕は適当な時間まで待ってから学校に電話をし、今日は休む旨《むね》を伝えた。

大事をとって再び眠り、次に目が覚めたのは昼前だった。

雨の音が聞こえる。

耳をそちらに集中させると、かなり激しく窓を打ちつけているのがわかった。にわか雨だろうか。いつからなのかはわからないが、急に降り出したその雨の音で僕は目が覚めたのかもしれない。

ゆっくりと体を起こす。朝ほどの頭の重さはない。まだ立ち上がらず、先に体温を測ることにする。ローテーブルの上に置いていた体温計で確認してみれば、もう平熱に戻っていた。朝のは何だったのだろうか。

今から学校に行ってもいいが、ぶり返せば厄介なことになる。今日は大人しく休むことにしよう。

その後、僕は本日最初の食事をとり、午後は授業に出る代わりにと勉強をして過ごすことに決めた。

そうして時計が午後四時半を指すころ、玄関チャイムが鳴った。

「はい」

と、インターフォンに出ながらモニターに目をやれば、そこには野添《のぞえ》の姿が映し出されていた。なぜ彼女がここにと思ったが、先日程の驚きはなかった。

『あ、の、野添《のぞえ》ですっ』

聞こえてきたその声は、どこか焦《あせ》ったような色を帯びている。

「ちょっと待ってろ」

僕はそう答えてから通話を切り、今度は玄関ドアを開けた。

家には帰らず、学校から直接ここにきたのだろう。そこに立っていた彼女は制服のままだった。手にはスクールバッグと、スーパーの買いもの袋を持っている。ここに来る前に寄ってきたようだ。

僕は頭の中でさっと計算する。学校の終業時間とここまでの所要時間など。それらを考えれば、学校が終わり、買いものをしてからここにくるにはかなり強行軍だったはずだ。野添《のぞえ》も顔が紅潮していて、少し息が上がっているように見えた。

「どうしたんだ？」

「あ、赤沢《あかざわ》さんが学校を休んだから心配になって……。ひとり暮らしですし、何も食べてないんじゃないかと思って……」

野添《のぞえ》は慌てたように言葉を紡《つむ》ぐ。

「そうか。悪いな」

「そうかって――」

僕の他人事《ひとごと》みたいな態度に何か言いかけた彼女だったが、そこではたと気づく。あらためて僕を見た。

「もしかして、もう大丈夫なんですか……？」

「ああ、昼前には熱は下がった」

「そ、そうなんですね……」

野添《のぞえ》は唖然《あぜん》としている。

「ＬＩＮＥでも送ってくれたらよかったのに」

「わ、忘れていました……」

そして、今度は恥ずかしそうに俯《うつむ》いた。

ひと言ＬＩＮＥで様子を聞いてくれたら、こうして無駄足を踏むこともなかっただろうに。

それだけ慌てていたということか。

「でも、よかったです。ほっとしました……」

その言葉通り胸を撫《な》で下《お》ろす野添《のぞえ》。

「あ、あの、上がっても……？」

「うん？　ああ、そうだな。どうぞ」

ちょうどそれを考えていたところだった。まさか心配してきてくれたのに、もう何ともないからと追い返すわけにはいかないだろう。

僕は後ろに下がり、中に入るよう野添《のぞえ》を促した。

「お邪魔します」

「座ってくれ。お茶を出すよ」

この前と一緒で、相変わらず烏龍茶《ウーロンちゃ》くらいしかないが。

それを用意しつつ野添《のぞえ》を見てみれば、彼女は座布団《ざぶとん》の上に上品に正座をして身だしなみを整えているところだった。やがて小さな鏡を取り出し前髪を直しはじめたところで、あまり見ていては悪いと思い、背を向けた。

「どうぞ」

タイミングを見計らい、野添《のぞえ》のところに戻る。先ほどの鏡はもうしまわれていて、彼女は何ごともなかったかのように座っていた。ローテーブルの上にグラスを置く。

「ありがとうございます」

野添《のぞえ》は軽く頭を下げた。

喉が渇いていたのか、彼女はすぐにそのグラスに口をつける。

「あの、本当に大丈夫ですか？」

「見ての通りだよ」

答えながら、僕は先日と同じようにローベッドに腰を下ろした。

結局、症状らしい症状と言えば微熱が出たくらいで、それももう下がってしまった。多少倦《けん》怠《たい》感はあるが、それを言ったところで野添《のぞえ》を心配させるだけだろう。

「何かできることは……？」

「いや、特には」

毎日やるべき日常の雑事は終わらせた。前述の通り倦怠《けんたい》感のせいで体が重いので、今日むりにしなくていいものはやらずに残してある。野添《のぞえ》からしてみれば何とも見舞いのし甲斐《がい》のない病人だろう。

「それより野添《のぞえ》のほうこそ大丈夫か？　顔色が悪いぞ」

突然の来訪に少し驚いたがそれも落ち着き、あらためて野添《のぞえ》を見てみれば、彼女は少し具合が悪そうだった。

「急いできましたから。正直ちょっと疲れました」

野添《のぞえ》はそう言って笑ってみせるが、その姿もどことなく弱々しい。

「悪いな」

「いえ、まだ何もしてませんから」

「そうでもない。きてくれただけでも嬉《うれ》しいよ」

ひとり暮らしで辛《つら》いのは病気をしたときだと聞いたことがあるが、今のところそれはなかった。寝て起きたら治っていて辛《つら》いと感じる間もなかったからかもしれないし、単純にそういう感覚が鈍いからかもしれない。

「そ、そんなふうに言ってもらえるなら、わ、わたしも……」

野添《のぞえ》は不明瞭な声でそう言いつつ、恥ずかしそうに俯《うつむ》いてしまう。

だが、すぐに何かに気づいたように顔を上げた。

「あ、そうだ。お見舞いにきたのにお茶を出してもらって落ち着いている場合じゃないですね。お夕飯を作ります」

「いや、そこまでしなくても……」

「大丈夫です。今日はそのためにきましたから。それに、ほら、この前クレープも奢《おご》ってもらいましたし。だから赤沢《あかざわ》さんはゆっくりしていてください」

僕がとめるのも聞かず、野添《のぞえ》は立ち上がり——その途中で不意に動きを止めた。そして、まるで糸が切れたかのように崩れ落ちはじめる。

「野添《のぞえ》！」

僕がローベッドに座っていたのが幸いした。すぐに腰を浮かし、野添《のぞえ》が倒れきる前に受け止めることができた。

「おい、野添《のぞえ》。どうした——」

言いかけた言葉を途中で呑み込む。どうやらそんな問いかけは必要なさそうだった。野添《のぞえ》の体が熱い。しかも、苦しげに浅い呼吸を繰り返している。彼女の額に掌《てのひら》をあててみれば、もはや体温計など必要がないくらい明らかに熱があった。

見誤った。顔色が悪く疲れているように見えたのは、学校終わりにあちこち回ってここに駆けつけたからだけではなかったのだ。

「見舞いにきた先で倒れるやつがあるかよ」

僕は野添《のぞえ》の体をベッドに横たえた。

「さて、どうする？」

苦しそうな野添《のぞえ》を見下ろしながら、最初に考えたのは応援を呼ぶことだった。

このまま看病をしてもいいが、できることとできないこと、やっていいことと悪いことがある。ひとりではむりだ。

僕が頼れる相手といえばふたりしかおらず、この場合はおのずと一方に決まる。

だが、連絡を取る手段がなかった。

「くそ……」

学校の外で連絡を取り合うようなことはないと思っていたが、まさかそれがこんなかたちでやってくるとは思わなかった。

「仕方がない。緊急事態だ」

僕は言い訳を口にしながら、そばに置かれていた野添《のぞえ》のスクールバッグを拾い上げた。口を開き、中を漁《あさ》る。指にあたる感触から、すぐに目的のものを探り当てた。取り出したのは彼女のスマートフォンだった。

ディスプレイに触れてみるが、呼び出されたのはパスコードの入力画面。女の子だ。当然と言えば当然か。

「野添《のぞえ》、野添《のぞえ》」

僕は寝ている野添《のぞえ》の頰に数回触れた。

「スマホのパスコードを教えてくれ」

「は、8……」

熱に浮かされているせいか、野添《のぞえ》は何の疑問も抱くことなく素直にパスコードを口にする。僕は彼女の口もとに耳を近づけ、弱々しく吐く言葉を聞き取った。

そのコードでロックを解除すると、続けてアドレス帳を呼び出す。目当ての名前は榛原《はいばら》セレナだ。しかし、その名は見つからなかった。

「となると、こっちか」

今度はＬＩＮＥを開く。ここにも登録がなければお手上げだが、幸いセレナの名前はあった。日下《くさか》ほどべったりではないにしても、彼女も野添《のぞえ》の周りにいたりいなかったりするので、自己紹介代わりにＩＤの交換くらいはやっていたのだろう。

トーク画面から音声通話でセレナを呼び出す。

『もしもし？　どうしたの、野添《のぞえ》さん』

ありがたいことにすぐ出てくれた。

「悪い、セレナ。僕だ。赤沢《あかざわ》だ」

『はぁ⁉　何でチカが野添《のぞえ》さんのスマホを⁉』

「話は後だ。助けてほしい」

驚くのも尤《もっと》もだが、今はそんなことを悠長に説明している場合ではない。

『お前さ、それでほいほい出ていけると思うか？　理由を言え、理由を』

「だから話は後だと言ってる。とりあえずきてくれ。……ああっ、もういい。ほかをあたる」

僕がそう言い放った直後、セレナは聞えよがしのため息を深々と吐いた。

『あたし以外に誰に頼むつもりだ？　アテはあんの？』

「それは……」

僕は返答に窮する。次善の策としては竜之介《りゅうのすけ》だが、いくらよく女子に交じって話をしていると言っても、これはまた別の話だ。できれば今はセレナに助けてもらいたい。

『ちょっと落ち着いたら？　あたしはチカが助けてくれって言うなら、何をおいても飛んでいくよ？　でも、何で助けてほしいかわからないと準備のしようがないだろ。具合が悪いなら救急箱。閉じ込められてるなら工具箱。……言ってることおかしい？』

「いや……」

彼女の言う通りだ。

『で？　何があった？　それも話せないくらい一分一秒を争う事態なのか？』

「……野添《のぞえ》が僕の家で倒れた。男の僕ではできることがかぎられてる。セレナに助けてもらいたいんだ」

『わかった。すぐ行く』

即答だった。相変わらず男前だ。

『住所を送って。あと、何かいるものは？』

「いちおう風邪程度なら対応できるくらいのものは揃《そろ》ってる」

『なら大丈夫だな』

そこでセレナは通話を切った。

僕はそのまま野添《のぞえ》のスマートフォンからセレナにここの住所を送った。地図アプリで確認しながらくるつもりなのだろう。

端末をローテーブルの上に置くと、部屋の中を見回した。

ベッドの上では野添《のぞえ》が苦しそうな様子で眠っている。遅ればせながらタオルを水で濡《ぬ》らし、彼女の額に置いてやった。確か僕の拙い知識によると体を冷やすならもっと適切な部位があったはずだが、さすがにそこまではできなかった。

「待ってろ。もうすぐセレナがくる」

そう声をかけ、ベッドから離れた。そのまま玄関から家の外に出る。

野添《のぞえ》も苦しそうな寝顔など人に見られたくはないだろう。それにセレナが迷わないよう、外で待っておきたい。とは言え、考えてみれば先の通話でセレナが今どこにいるかを聞いていなかった。下手するとかなり待つ可能性もある。

しかし、幸いにしてその心配は杞憂《きゆう》に終わった。待ち惚《ほう》けることもなく、夕闇が迫る中セレナが現れたのだ。まだ制服姿で、手にはスクールバッグを持っている。学校に残っていたのだろう。

やはり地図アプリを頼りにしていたようで、スマートフォンと周囲を交互に確認をしていたが、僕を見つけると小走りに駆けてきた。

「ここがチカんち？」

マンションを見上げながらの第一声がそれだった。

「ああ」

「へぇ、いいところだな」

このマンションは外観がけっこう洒落《しやれ》ている。アーチを構える入り口があり、樹木が植えられた玄関ポーチを進むとエントランスがあるのだ。

「そんなことより」

「わかってるって」

マンションを興味深そうに眺めるセレナは、僕に急《せ》かされ肩をすくめた。

僕が先を歩くかたちで部屋の前まで行く。

「中に野添《のぞえ》さんが？」

「ああ。悪いけど彼女を頼む。テーブルの上に救急箱と新しいタオルが置いてある。好きなように使ってくれ」

救急箱には総合感冒薬や解熱《げねつ》鎮痛剤、咳止《せきど》めなど、一般的な薬がひと通り入っている。タオルはストックしてあった新品のものを引っ張り出しておいた。

「チカは？」

「ここで待ってる」

「律義《りちぎ》なことで」

彼女は可笑《おか》しそうに鼻で笑い、中に入っていった。

§§§

「終わったよ」

三十分ほどでセレナが出てきた。

「汗を拭いてやって、楽な恰好《かっこう》にして寝かせてある」

「目を覚ましたのか？」

「ああ。でも、むりやり寝かしつけて、ここがチカの家だってことは言わなかった」

賢明な判断だ。自分がどこにいるかわかったら、野添《のぞえ》はむりをしてでも飛び起きるだろう。認識させる前に寝かせてしまうのがいちばんだ。

「ありがとう。助かったよ」

僕は近くの自販機で買っておいた缶コーヒーをセレナに手渡した。

「たぶん風邪だな。体育のとき思いっきり通り雨に遭ったから」

「ああ」

僕は納得した。

昼前に激しい雨音を聞いている。確かにあの時間はちょうど体育の授業だ。いきなりの雨で逃げる間もなくずぶ濡《ぬ》れになったのだろう。

「で、何でこんなことになってるんだ?」

セレナは僕から受け取った缶コーヒーをひと口飲むと、そう問うてきた。

野添《のぞえ》がここにきて熱を出して倒れた、という表面的なことを聞いているのではないのだろう。

「少し前、たまたま夜のコンビニで会ったんだ。それ以来だよ」

「え? もしかして野添《のぞえ》さん、ここに入り浸ってるのか?」

「まさか。基本的には外で会ってるだけ。今日は僕を見舞いにきたらしい」

見舞いにいった先で自分が倒れていたら世話はない。

「なるほど。体育の後から体調が悪そうで、真っ先に教室を出ていったから家に帰ったんだとばかり。ここにきてたのか」

セレナは得心がいったようにうなずく。

「この後はどうする？」

「悪いけど、セレナは朝まで野添《のぞえ》を見てやってほしい。あと、野添《のぞえ》の家にも連絡をいれておいてくれ。倒れたからこのまま泊まらせるって」

「人使いの荒いやつだな」

セレナは苦笑する。

「仕方がないだろ。どっちも僕がやるわけにはいかない」

だから彼女にきてもらったのだ。

「チカはどうするんだ？」

「僕は図書館で閉館まで粘って、その後は近くのコンビニにいるよ」

本の一、二冊もあれば、それとコンビニのコーヒーで朝まで過ごせるだろう。駅前のファミレスでもいいが、できるだけ家に近いところにいたい。

「あたしに押しつけて、自分は優雅に読書？」

「そう言うなよ」

そもそもコンビニのイートインで朝まで読書は、決して優雅なものではない。

「だったら聞くけど、セレナは僕に寝顔を見られて平気なのか？」

「え？　あたしは別にかまわないけど？」

意外にもセレナはあっさりそう答えた。

「まぁ、チカならって条件がつくけど」

「そう言ってくれるのはありがたいけどね」

正直、僕と彼女の関係がそこまでとは思っていなかった。詳しい事情は後回しにしてここまで飛んできてくれたことといい、今の言葉といい、僕は榛原《はいばら》セレナという友人のことを侮《あなど》っていたのかもしれない。

「セレナがよくても野添《のぞえ》もそうだとはかぎらない」

「看病してくれたチカに向かって寝顔を見たって文句を言うほど、野添《のぞえ》さんは自分勝手じゃないと思うけど？」

「僕しかいなけりゃそうするよ。でも、今はセレナがいる」

避けられるなら避けたほうがいいに決まっている。

「ま、いいけどさ。……ところで、あたしも着替えたいし、お腹《なか》も空くんだけど？」

「そうだな」

制服姿のセレナを見ながら、僕は少しだけ考える。

「予備の鍵を渡しておく。野添《のぞえ》が落ち着いてたら少しくらい離れてくれてもいい。食べるものは後で何か差し入れるよ」

「りょーかい」

セレナは苦笑しながらも、それで手を打ってくれた。気のせいか、僕にはこれが快諾のように見えた。

話がまとまったところで、僕は一度家の中に入ることにした。図書館で借りた読みかけの本を取るためだ。開館時間中に読み終えることができれば、そのまま返却してしまえるだろう。

ベッドには当然、野添《のぞえ》が寝ていた。穏やかとは言えないものの、倒れた直後のように苦しそうではない。セレナが楽に休める状態を作ってくれたのだろう。

「安心した？」

「え？」

不意にセレナに言われ、僕は驚く。一瞬何を言われたのかわからなかったが――そうか。僕はそんな顔をしていたのか。

「寝顔は見ないいんじゃなかったのか？」

「正しいね」

重ねて指摘され、僕は体の向きを変えた。

書架から授業で使うテキストとともに突っ込まれていた図書館の本を取り出す。

「じゃあ、頼む」

「任された」

そうしてこの家の鍵をセレナに預け、外へと出た。

5

市の図書館は午後七時が閉館時間だった。

セレナには閉館時間まで粘ると言ったが、そうすると彼女への差し入れが遅くなる。僕は六時半に図書館を出て、コンビニに寄ってから一度家に戻った。

ドアの前に立ち、インターフォンを鳴らす。自分の家でこんなことをするとは思わなかった。すぐにセレナが出た。

『はい』

人の家だからか、少し緊張気味の声だった。

「僕だ」

『すぐ開ける』

その言葉通り、すぐにドアが開かれる。

一度家に帰ったのか、姿を現した彼女は私服だった。足首までのスキニーなデニムのロングパンツにゆったりとした長袖のカットソー。私服姿は校外学習のときくらいしか見たことがな

いので新鮮だ。細身のパンツのせいか、いつも以上に脚が長く見えて、モデル体型なんだなと思った。

「なんだよ、ジロジロ見て。いやらしいな」

「その言葉を聞いていやらしい気持ちが飛んでいったよ」

「え……？」

セレナが目を丸くした。

「ほんとにそんなふうに見てたのか⁉」

「冗談だよ」

スタイルのよさに感心したのは確かだが、そんな気持ちは抱いていない。

ただ、もっといろんな姿のセレナを見てみたいとは思った。普通に学校の外でも会うような友達づき合いをすればそれも叶《かな》うのかもしれない。

部屋に入ると、ベッドでは野添《のぞえ》が寝ていた。赤い顔ながらもぐっすり眠っているようだ。それだけ確認すると僕は彼女に背を向けた。あまり見ているとセレナにまた何か言われかねない。

「どうだ、野添《のぞえ》は」

「見ての通りよく寝てる。これならもうほうっておいても大丈夫なんじゃないか？」

その口振りから察するに、本当に手はかかっていないようだ。

「悪いけど、引き続き朝まで見ててほしい」

「言うと思ったよ、心配性」

彼女は笑いながら言う。

「起きたら体調を見て何か食べさせてやって、もう一度寝かせるって感じだな」

「悪いな。今度この埋め合わせはさせてもらうよ」

「いるか、そんなもの。チカも野添《のぞえ》さんもあたしの友達なんだ。友達を助けるのは無償って決まってんだよ。少なくともあたしの中ではな」

なるほど。セレナはそういう考え方をするのか。

「はい、これ」

僕は持っていたコンビニのレジ袋を差し出した。

「なに？　これが埋め合わせ？」

「ただの差し入れ。サンドウィッチ。手あたり次第買ってきたから一緒に食べよう。コーヒーと紅茶もある」

「いいね」

セレナは楽しげに笑った。

「家に帰ったときに何か食べてこようかと思ったんだけど、すぐこっちに戻ってきた」

どうやら彼女は僕の要望に応えてくれたらしい。

この家はワンルームだ。玄関側にキッチンがあり、奥が寝たり勉強をしたりするスペースという間取り。

当然寝ている野添《のぞえ》のすぐそばで食べたり話したりするわけにはいかず、僕たちはローテーブルを極力彼女から離し、そこでサンドウィッチを食べる。飲みものは僕がコーヒーを取り、セレナはストレートティを選んだ。

「それにしても、本当に何もない部屋だな、ここは」

心底呆《あき》れたようにセレナが言う。

「悪かったな」

「別にいいけど。スマホがあればひと晩くらいどうにかなるし」

つまりそれ以上はむりということか。そういうところに僕は住んでいるわけだが、自分の家だからこそ耐えられているのかもしれない。

「まぁ、チカらしい部屋なんじゃないか」

「野添《のぞえ》にはミニマリストって言われたよ」

「確かに」

セレナはくつくつと笑う。

「野添《のぞえ》さん、ここにきたことあるんだ。しかも、中に入ってる」

「あるよ」

笑っていたセレナが一転、核心を突くように問うてくるものだから、僕は素直に首肯した。

そもそもここで誤魔化すことに意味があるとは思えない。

「僕に謝るつもりで何度も家の前まできてたらしい」

セレナが変な勘繰りをする前に僕はそう告げる。

「去年の根来《ねごろ》とのことか？」

「そう」

僕がうなずけば、セレナは何事かを考えながら、黙って紅茶を口に運んだ。

「なるほど」

まずはひと言。

「チカがはぐらかしてたのはこれだな」

「悪かった。黙ってて」

自分ひとりのことではないから軽々しく話せなかったのが本当のところだ。セレナを伝言役にして巻き込むことができていたら、もっと早い段階で話せていたかもしれない。

「外で会ってるって言ってたっけ？　どんなこと話すんだ？」

「ちょっとした相談ごとだよ」

僕がそう答えれば、セレナは内容までは問うてこなかった。

「信頼されてるんだな」

「どうだろうな。親しくないからこそ相談できるということもある」

聞いた話、家族よりもSNSで知り合った顔も名前も知らない相手のほうが悩みを打ち明けやすい、なんてこともあるらしい。

「チカは野添《のぞえ》さんを助けた。そりゃあ信頼するさ」

「助けてなんてないよ。僕はただ正しいだけのむちゃくちゃな提案をして、賭けに出ただけ。失敗する可能性もおおいにあった」

だけど、野添《のぞえ》はあの場で即断した。大きな問題を解決する際、覚悟を伴う決断が必要なときがある。彼女にはそれができた。だから僕も次の手を打つことができたのだ。

「それは横にチカがいたからなんじゃないか？」

「どうだろうな」

それは野添《のぞえ》に聞いてみないとわからないことだ。

「親しくもない、信頼もしてない相手に食事を作りにくるとは思えないけどね」

そう言って笑うセレナの目は、野添《のぞえ》が持ってきたスーパーの袋に向けられていた。

「そうだ。もしかしたらあれを使うかも。野添《のぞえ》さんが目を覚ましたら何か食べさせたい」

「好きに使ってくれたらいい。そもそも野添《のぞえ》が買ってきたものだからな。僕に断る筋合いのものじゃない」

「何を言ってるんだ。チカのために買ってきたんだろ。十分筋だよ」

果たしてそうなのだろうか。本来の目的とはちがう用途で使うのだから、断るべきは購入者だと思うのだが。

「セレナは料理ができるのか？」

「まぁね」

　どこか得意げなセレナ。

「なに？　似合わない？」

「そういうつもりで言ったんじゃないよ。知らないことが多いと思っただけ」

　先ほどセレナが僕のことを友達と言ったように、僕も彼女のことを友達だと思っている。だが、人目を忍ぶような歪《いびつ》なつき合いのせいか、学校の外で会ったり連絡をとったりはしてこなかった。当然、一緒に食事をするような機会もなく、それ故に料理の話題にもなりにくかったのだ。

「じゃあ、悪いけど後は頼んだ」

　サンドウィッチを食べ終え、ゴミをまとめると、僕はそれを持って立ち上がる。

「あ、しまった。忘れてた」

　不意にセレナが声を上げた。

「目の前に倒れてる病人がいたから忘れてたけど、チカも学校を休んでたんだった」

「僕もすっかり忘れてたな」

　もとはと言えば僕が学校を休んだことに端を発している。だが、見舞いにきた野添《のぞえ》が倒れるというドタバタのせいで自分が熱を出したことなどどこかに飛んでしまっていた。

「大丈夫なのか？　朝までコンビニなんて」

「僕なら大丈夫だ。寝てたら昼には熱が下がってた。野添《のぞえ》がくるまで勉強していたくらいだ」

野添《のぞえ》は原因まではっきりしている風邪だが、僕のは何だったのだろう。体が気まぐれでも起こしたか。

「じゃあ、セレナ。僕はコンビニにいるから」

「チカと野添《のぞえ》さんのふたりきりなら兎《と》も角《かく》、あたしもいるんだから、チカが出ていくことないと思うんだけどな」

「かもね」

それは次回の参考にさせてもらおう。今回は念のため回避しておく。

僕は後のことをセレナに任せ、部屋を出た。

§§§§

コンビニに入るとコーヒーを買い、イートインに腰を下ろした。

今日はここで十時間くらい過ごすことになるのか。店員に文句を言われそうだが、定期的にコーヒーなり何なりを買って、どうにか目をつぶってもらおう。

ここにひとりで座るのは初めてだ。当然だろう。家はすぐ近くだ。このコンビニを利用することはよくあるが、わざわざこの場で飲んだり食べたりする理由がない。まぁ、ゴミをここに捨てて帰れるという利点はあるか。

持ってきた本を開く。が、数ページも進まないうちに僕の目は本を離れて夜空に向けられていた。

今日は慌ただしい一日だったと思う。

学校の欠席からはじまり、見舞いにきた野添《のぞえ》が僕の家で倒れ——挙げ句、僕はこんなところで一日を終えようとしている。

「しかも、ずいぶんと僕らしくないことをした」

と、思わず零《こぼ》す。

思い出すのはセレナに連絡をしたときのこと。あのとき僕はかなり慌てていた。セレナの言う通りだ。あの場面で取り乱すことに意味はない。むしろ事態を悪化させるだけだ。

「もっと正しい判断ができるようにならないと」

そして、もうひとつ気づいたことがある。

それは野添《のぞえ》もセレナも、僕が考えている以上に僕のことを思ってくれているということだ。ふたりとも僕の窮地に駆けつけてくれた。セレナにいたっては、何を置いても飛んでいく、とまで言いきった。ふたりを大事にしないと。

読書に戻る。

コンビニで一夜を明かすというのもなかなか過酷だ。眠たいからといって寝てしまえば、ここは寝るところではないと追い出す口実を与えることになるだろう。図書館で借りてきた本は当然面白そうだから借りたのだが、それでも睡魔に負けそうになった。

店員は最初、何か言いたそうに時々僕の様子を見にきていたが、日付が変わったあたりで何か事情があるのだろうと思いはじめたようだ。あまりこちらにプレッシャをかけてこなくなった。

そんな優雅とは程遠い読書をしながら、やがて夜が明けた。

気がつけば朝、なのだが、それは読書に夢中になっていていつの間にか朝になっていたのではなく、寝ているのか起きているのかわからない状態のまま、いつの間にか朝陽《あさひ》がのぼっていたというほうが正確だ。

明るくなった外を見ながら、欠伸《あくび》をひとつ。

時計を見れば、午前七時を回っていた。八時近くになったら帰ろう。これくらいなら明け方の奇襲にはならないだろう。

と、考えていたときだった。

「あ、赤沢《あかざわ》さん……」

野添《のぞえ》の声だった。

体をひねって見上げれば、そこに彼女がいた。隣にはセレナも。さっきまで外に目を向けていたのに、コンビニの前の駐車場を横切る彼女たちの姿は見えていなかったようだ。寝不足で頭が回っていないらしい。

「セレナ」

僕は咎《とが》めるようにその名を呼んだ。

おそらく野添《のぞえ》がここにいるということは、少なくとも熱は下がったのだろう。だが、病み上がりの人間には寄り道などさせずに、まっすぐ家に帰らせるのが正しい。

「仕方ないだろ。どうしても行くって言うんだから」

セレナは不貞腐《ふてくさ》れたように言い返してくる。

まぁ、そんなところだろう。野添《のぞえ》は時々言い出したら聞かないところがある。そんな彼女に、セレナは自分も一緒に行くことで妥協したのだ。

「もう大丈夫なのか？」

僕はため息をひとつ吐いてから、野添《のぞえ》に尋ねた。

「はい。おかげさまで」

「そうか。それはよかった」

後は野添《のぞえ》を家に帰らせれば一件落着。僕もこれでようやく部屋に戻ることができる。

「本当にすみませんでした。わたしったら――」

「謝るのも感謝するのもセレナにしてくれ。僕は何もしてない」

申し訳なさそうに頭を下げる野添《のぞえ》に、僕は彼女の言葉を遮るようにして言った。

僕がしたことと言えば、セレナを呼んで彼女にすべてを押しつけただけ。楽なものだ。礼を言われるようなことは何もしていない。それに人間は誰しも病気になる。病気になれば誰かの世話になるのは当然だ。そのことで恥じたり、後ろめたさを感じる必要はない。

「でも、わたしのせいで赤沢《あかざわ》さんがこんなところに……」

「いいよ。面白い経験だった」

尤《もっと》も、コンビニで店員に迷惑そうな目で見られながら一夜を明かすなど、一度で十分だが。

「榛原《はいばら》さんから聞きました。わたしに気を遣って部屋を出ていってくれたと」

「まぁ、そんなところかな」

実際には単に僕が役立たずだっただけ。役立たずにできることは、その場から離れて女の子が見られたくないであろう姿を見ないようにするくらいのものだ。

「わ、わたし、気にしませんから。赤沢《あかざわ》さんになら看病されても。だから次からは遠慮なく看病してください」

「いや、そもそも僕のところにきて倒れてくれるな」

今回みたいにセレナを巻き込みたくないのはわかるが、根本的なところで間違っている。

僕が指摘すると、野添《のぞえ》は「そ、そうですね……」と恥ずかしそうに顔を伏せた。学校の外での彼女を見るようになってわかったことだが、野添《のぞえ》は意外と抜けている。

その野添《のぞえ》の後ろではセレナが口を掌《てのひら》で覆いながら、声を押し殺して笑っていた。

「セレナ、悪いけど野添《のぞえ》を送っていってやってくれ」

僕はセレナに温度の低い視線を送りながら、最後の頼みをする。

「あ、いえ、わたしなら大丈夫です。これ以上迷惑はかけられません」

野添《のぞえ》ははっとし、手をぱたぱたと振りながらそう言った。

「そう？　だったらあたし的には助かるな。チカんところにいろいろ置きっぱにしてるし」

「え……？」

野添《のぞえ》は小さな発音。

セレナは聞き逃し、僕もその意味を計りかねた。一旦流して、セレナに向かって問う。

「うちに何か置いてるのか？」

「あたしだって女なんだ。それなりに泊まる用意ってものがあるんだよ」

彼女は呆《あき》れたような声を上げる。

確かうちにきたとき、手にしていたのはスクールバッグだけだった。ということは、一度着替えに家に戻った際にいろいろ持ってきたのだろう。

「セレナならひと晩くらい体ひとつで大丈夫だと思ってた」

「お前なぁ……」

僕がからかうように言えば、セレナは心外そうな声とともに半眼を向けてきた。僕はそんな彼女を見てくつくつと笑う。

と、そこに野添《のぞえ》がおそるおそるといった感じで割って入ってきた。

「あの、榛原《はいばら》さんはこれから赤沢《あかざわ》さんの部屋に戻るのですか……？」

「あ、うん。荷物を取りにね」

セレナはその問いに素直に答える。

すると、野添《のぞえ》が何やら考えはじめた。

「やっぱり送ってください」

やがて出てきた言葉がこれ。

きっと野添《のぞえ》は病み上がりの自分の体と相談していたのだろう。こちらとしては遠慮や強がりの末に道端で倒れられるよりは、正直に頼ってくれたほうが助かるというものだ。

「だそうだ、セレナ」

僕は再度セレナに頼む。

「い、いいえ、榛原《はいばら》さんじゃなくて、そ、その……」

野添《のぞえ》が一度言《い》い淀《よど》む。

「きっ、公親《きみちか》っ、さんに……送ってもらいたい、です……」

そうして意を決したように放たれた言葉は、しかし、その勢いをすぐに萎《しぼ》ませて、最後は消え入りそうな声になっていた。視線を足もとに落として、また顔を伏せてしまう。

「ぷはっ」

セレナがいきなり噴き出した。体をふたつに折り、腹を抱えて笑い出す。だが、僕には何が可笑《おか》しかったのかわからず、首を傾《かし》げるばかりだった。

「だ、ダメでしょうか……?」

野添《のぞえ》は伏せていた顔を少しだけ上げると、不安そうに上目遣いでこちらを見る。

僕は思わず無言。

「ほら、チカ、ご指名だぞ」

「あ、ああ」

どこか面白がるようなセレナの声で僕は我に返り、ようやくそれだけを答えた。

「わかった。送るよ」

「ありがとうございますっ」

嬉《うれ》しそうに笑みを見せる野添《のぞえ》。

「セレナ、僕は野添《のぞえ》を送ってくる。悪いけど荷物は勝手に持っていってくれ。鍵はまた学校で返してくれたらいい」

昨夜セレナに渡したのは予備だ。いつも使っている鍵は今もちゃんとポケットに入っている。この土日でこれを失《な》くしたら詰むが、そもそも外出先で鍵を失《な》くせば家に予備を置いていたところで取りに入れない。予備があろうがなかろうが詰むときは詰む。

「じゃあ、野添《のぞえ》、行こうか」

「はいっ」

やけに弾んだ調子の野添《のぞえ》の声。そんなに元気なら送っていく必要はないように思えるが、万が一ということもある。

僕はにやにやと笑うセレナの横を抜け、野添《のぞえ》はまるで顔を隠すみたいにしてセレナに深くお辞儀をしてから通り過ぎ——ふたりでコンビニを出た。

§§§

道中、普段はそれなりによく話す野添《のぞえ》が、ほとんど言葉を発しなかった。生憎《あいにく》と僕も積極的に話題を提供するタイプではない。結果、肩を並べて歩きつつも僕たちの間に会話はなかった。

それでも足さえ動かしていれば体は前に進む。

「あ、あの、何も言わないんですか？」

不意におそるおそるといった感じで先に口を開いたのは野添《のぞえ》だった。

「僕は話をするのが得意なほうではないからな」

「い、いえ、そうではなくて……」

ちがうと僕の言葉を否定するわりには、野添《のぞえ》の発音は不明瞭だ。

「その、さっきわたしが赤沢《あかざわ》さんを名前で呼んだこと、です」

「あれか。別にいいんじゃないか？　間違ってはいないんだし。呼び方に拘《こだわ》りはないよ。セレナと竜之介《りゅうのすけ》なんて『チカ』だからな」

そのくせあのふたりはお互いを『神谷《かみや》』『榛原《はいばら》』と呼んでいる。でも、それぞれ個人間で見れば対称性はいちおう保たれているのか。

「だから名前で呼んでくれてもかまわない。野添《のぞえ》の好きにしたらいいさ」

「じゃ、じゃあ、赤沢《あかざわ》さんのこと名前で呼ぶので、赤沢《あかざわ》さんもわたしのこと……」

僕の言葉に喰《く》い気味に反応した野添《のぞえ》だったが、またしても尻すぼみに消えていった。

「や、やっぱりむりです！」

そうして続いた言葉は、なぜか悲痛な叫びじみたものだった。

僕は彼女の感情の振り幅についていけず、思わず目を瞬《まばた》かせる。「まぁ、野添《のぞえ》の好きにしたらいいさ」と、もう一度同じ台詞《せりふ》を絞り出すのがやっとだった。

やがて辿《たど》り着《つ》いた野添《のぞえ》の家は、先日僕が部屋の窓から見て予想をつけた通り大きくて、思っていたよりも近かった。近く感じたのはコンビニまで出てきていた時点で道程の半分ほどを消化していたからかもしれない。

野添《のぞえ》邸の前で挨拶をし、僕らは別れた。

彼女が玄関ドアの向こうに消えた後、僕は気まぐれに邸《やしき》を見上げる。

ここが野添《のぞえ》の家。この家で彼女はどんな生活を送っているのだろうか。学校で見る野添《のぞえ》からイメージする通りの生活なのか。それとも彼女が着る服のように、まだ誰も知らない一面があるのだろうか。

もう少し野添《のぞえ》のことが知りたいと僕は思った。

interlude2 朝、目が覚めたら

目が覚めると知らない部屋にいた。

ゆっくりと体を起こし、室内を見回す。そうしてわかった。知らない部屋などではない。ここには前に一度きたことがある。あまりにもものがなさすぎてミニマリストかと疑った部屋。記憶が正しければ、ここは赤沢《あかざわ》さんの部屋だ。

「えぇ〜!?」

理解した瞬間、口から悲鳴にも似た声が飛び出した。

どうしてわたしは赤沢《あかざわ》さんの部屋のベッドで寝ているのだろう? 昨日何があった? 赤沢《あかざわ》さんは?

混乱した頭で必死に昨日のことを思い出そうとしていると、すぐ近くで何かが動いた。

「あ、起きた?」

それは榛原《はいばら》さんだった。

彼女はこのローベッドにもたれながら項垂《うなだ》れるような姿勢で寝ていたらしく、どうやらわたしが起こしてしまったようだ。床にはスマートフォンが転がっている。寝落ちだろうか?

「あ、あの、これはいったい……?」

わたしは赤沢《あかざわ》さんの部屋のベッドで寝ていて、その赤沢《あかざわ》さんの姿はなく、代わりに榛原《はいばら》さん

がいた。……どういう状況？

「覚えてない？　一回は起きたはずなんだけどね。……よっと」

　榛原《はいばら》さんは聞き返しながら、わたしと向かい合うようにあぐらをかいて座り直した。見ればデニムのパンツに長袖のカットソーという恰好《かっこう》。カットソーはゆったりとしていて体のラインは見えないけど、前へ向かっての服のふくらみ方でスタイルのよさが容易に想像できる。実際、わたしは体育の授業の前後で彼女の着替えを見ていて、そのたびに羨ましいと思っていた。

「野添《のぞえ》さん、昨日チカの見舞いにきて倒れたんだってさ」

「あ……」

　そこまで言われてようやく思い出した。ひとり暮らしの赤沢《あかざわ》さんが体調不良で欠席と聞いて居ても立っても居られず、学校が終わるや否《いな》やスーパーに寄ってからここにきたのだった。彼のために何か食べるものを、と思ったところでわたしの記憶は途切れている。

「で、看病のためにあたしが呼ばれたってわけ。……いやぁ、なかなか見ものだったな。チカの慌てっぷり」

　榛原《はいばら》さんはけらけらと笑う。

「そ、そうなのですか……？」

「うん。傍目《はため》にはわかりにくいけど、静かに慌ててた。あれは何かあったとき冷静にキレるタイプだな」

榛原《はいばら》さんはまた笑った。

あの赤沢《あかざわ》さんが、わたしが倒れたくらいで取り乱すなんて。心配させてしまって申し訳なく思うと同時に、少し嬉《うれ》しくもあって複雑な気持ちだった。

「それで、その赤沢《あかざわ》さんは……？」

「出てった」

おそるおそる聞いてみれば、榛原《はいばら》さんの答えは簡潔なものだった。

「病気で寝込んでるときの寝顔なんて見られたくないだろうからって。紳士だねぇ。あたしが呼ばれたのだって、男の自分じゃろくに看病できないからだしな」

ようやくこの状況の謎が解けた。

「看病にかこつけて少しくらい見たりさわったりしてもよさそうなのに」

「あ、赤沢《あかざわ》さんはそんなことしませんっ」

榛原《はいばら》さんがまるで赤沢《あかざわ》さんを男性の風上にもおけない人のように言うものだから、わたしは思わず声を荒らげてしまった。

だけど、そこで気づく。榛原《はいばら》さんがにやにやと笑っていることに。

はっとした。わたしがここに寝ていることと、赤沢《あかざわ》さんがいなくて代わりに榛原《はいばら》さんがいることの理由はわかった。だけど、わたしがここにきた理由を彼女はどう思っているのだろうか。

「あ、あの、わたしがここにきたのはひとり暮らしの赤沢《あかざわ》さんが心配で――」

「いつから？　やっぱ去年の根来《ねごろ》の件がきっかけ？」

言い訳じみた説明をするわたしに、榛原《はいばら》さんが聞いてくる。

「っ⁉」

次の瞬間、自分でもわかるくらい顔が真っ赤になり、わたしは布団《ふとん》を頭からかぶった。

「ありゃりゃ」

榛原《はいばら》さんが可笑《おか》しそうに笑う。

彼女の口振りからしてばれているのは明らかだ。どうしよう……？

「あ、そうだ。野添《のぞえ》さん、昨日から何も食べてなくてお腹《なか》すいてんじゃない？　なんか食べやすいもの作るわ」

だけど、榛原《はいばら》さんはこれ以上追及するつもりはないようで、かぶった布団《ふとん》の外からそんな声が聞こえてきた。

「チカのために買ってきたやつ、使わせてもらうから」

「あ、はい……」

布団《ふとん》の中からそう返事はしたものの、たぶん届いてはいない。榛原《はいばら》さんも確認というよりは単に使うという宣言だったのだろう。

「お、中華スープがあるじゃん。これをベースにベーコンと野菜のスープでも作るか。これ食べて元気が出たら、家に帰ってちゃんとしたもの食べたらいいよ」

案の定、彼女はわたしの返事などあろうがなかろうが関係ない素振りで料理をはじめたようだった。

少しして蛇口から水が流れる音や、トントンという野菜を切る音が聞こえてきた。

「見る目あると思うよ、野添《のぞえ》さんは」

しばらくして榛原《はいばら》さんがそう切り出してくる。

「最初はさ、クラスであんなことになって、ほうっておかないほうがいいんじゃないかって神《かみ》谷《や》とふたりで話してたんだけどね。すぐに『あ、こりゃ大丈夫だ』って思った。ちゃんと芯みたいなものをもってて、けっこう精神的にタフなんだよね。ぶっきらぼうに見えるけど、つき合ってみれば面白いやつだよ」

初めて聞く榛原《はいばら》さんによる赤沢《あかざわ》さん評だった。

「チカだって男なんだから、あたしみたいな女友達より野添《のぞえ》さんのほうがいいだろ」

と、榛原《はいばら》さん。

そうだろうか？　そうだといいと思うけど……。

「ただ、あれが女に興味があるとは思えないんだよなぁ」

「……」

スタイルがよくて料理もできる榛原《はいばら》さんが言うと説得力がある。わたしも同感だった。

「ま、そこは野添《のぞえ》さんの腕の見せどころってな。……もうすぐできるから、そろそろ布団《ふとん》から出てきなよ」

榛原《はいばら》さんがわたしを呼ぶ。

そこに食べものがあると思うと急にお腹《なか》がすいてきて、わたしはもそもそと布団《ふとん》から這《は》い出《だ》した。

我ながら天岩戸のようだと思った。

第3章　なりたい自分とは何かと自分に問う

1

週が明けた月曜は普段と変わらないものだった。

登校してみれば野添《のぞえ》はいつも通りすでに教室にいて、何人かの女子に囲まれながらおしゃべりをしていた。風邪がぶり返した様子は見られない。土日にゆっくり休んだのだろうか。かく言う僕も、野添《のぞえ》を送り届けた後は帰って昼過ぎまで寝ていた。さすがに目的のない徹夜は体に堪える。

そんな月曜の午前の休み時間。

僕の席の周りにはセレナと竜之《りゅうの》介《すけ》がいた。目的は先ほどの授業の復習、というのは最初だけで、早々に雑談モードに入ってしまっていた。

「そうだ、神谷《かみや》。今度どこか遊びにいかないか？」

不意に思い出した様子でセレナが竜之《りゅうの》介《すけ》に問うた。

対する竜之《りゅうの》介《すけ》はというと、

「え？　オレが？　榛原《はいばら》と？　なんで？」

「いちいち区切って聞き返すなよ。ムカつくやつだな」

セレナは頰の片側を吊り上げながら言い返す。

「なに勘違いしてんのか知らないけど、チカも一緒だからな」

「は？　チカが？　行くわけないじゃん」

ご冗談をとばかりの竜之介《りゅうのすけ》。どうやら僕はすっかり人づき合いの悪い人間として定着してしまったようだ。

「いや、行くよ。というか僕が言い出したことだ」

「え……？」

竜之介《りゅうのすけ》は小さな発音の後、しばしの無言。それからおもむろにセレナへと顔を向けた。

「榛原《はいばら》、チカどうしたの？」

「そういうお年ごろなんだと」

そのセレナは茶化したように答える。

「へぇえ」

竜之介《りゅうのすけ》は僕をしげしげと眺めながら、感心したような声を上げた。そう言えばこの間はセレナに驚かれたな。

「いやなら別にいいけど」

「まさか。ぜんぜん大歓迎」

竜之介《りゅうのすけ》は嬉《うれ》しそうに首を横に振る。

「で、どこに行く？　チカ、行きたいところは？」

「それ、セレナにも聞かれたけど、僕に希望はないよ。ふたりに任せる」

生憎《あいにく》と候補を挙げられるほど遊び慣れてはいない。

「そっか。……普段は？　休みの日はひとりで何やってるのさ」

「家か図書館だな」

「「よし、却下だ」」

セレナと竜之介《りゅうのすけ》、ふたり同時だった。案の定、顰蹙《ひんしゅく》は買わないまでも、論外と言わんばかりの扱いだ。

ふたりとも成績は悪くないし、定期テストが近づけば進んで勉強をするほうだが、それでも図書館は休日を過ごす場所ではないのだろう。

「チカの家には興味あるけどね」

「やめとけ、せまいから。三人はむり」

間髪を容《い》れずセレナが釘《くぎ》を刺す。

「あー……あ？」

一瞬納得しかけた竜之介《りゅうのすけ》だったが、何かに気づいたようにぴたりと動きをとめると、再び顔をセレナに向けた。

「え？　何でそれを榛原《はいばら》が知ってるのさ」

「そ、それは……」

セレナも自分の発言が意味するところに気づいたようだ。

「もしかしてオレお邪魔？　当日ドタキャンしたほうがいい流れ？」

「んなわけないだろッ」

慌てたようにそう言ってから、彼女は僕を見た。

「チ、チカも何か言えよッ」

「自分で蒔《ま》いた種だろ。自分で何とかしろ」

セレナがしれっと嘘《うそ》を吐いたなら合わせようもあったが、あれだけ盛大に動揺した後では何を言ったところで取ってつけたような嘘《うそ》にしかならない。……まぁ、セレナの慌てっぷりが面白かったから傍観を決め込んでいたのも確かだが。

「ちょっとぉ、うるさいんですけどー」

と、そこに聞こえてきた声。それは日下比奈子《くさかひなこ》のものだった。

「ああ、ごめんごめん。盛り上がっちゃって」

僕らを代表してセレナが謝った。心なしか窮地に差し出された助け舟に、これ幸いとばかりに飛び乗ったふうに見えなくもない。

「でも、休み時間なんだから、これくらいで目くじら立てなくてもさ」

セレナがそこまで言ったところで、日下《くさか》は聞えよがしのため息を吐いた。

「アンタたちが赤沢《あかざわ》と好き好んで関わるのは勝手だけど、それならそれでお仲間らしくこそこそやってくれない？　こっちまでとばっちりとか勘弁してほしいんだけど」

「あ？」

日下《くさか》が忌々《いまいま》しげに言ったその直後、セレナがお世辞にも穏やかとは言い難《がた》い声を出した。

赤沢《あかざわ》に関わると根来《ねごろ》に目をつけられる——それが一年前から続く共通認識。

だから、彼ら彼女らには僕を邪険に扱ってもいい大義があるし、僕はそれに相応《ふさわ》しく教室の隅で息を殺すようにして日々を過ごさなければならない。休み時間に楽しそうに騒ぐなどもってのほかなのだ。

とは言え、今日の日下《くさか》は少々攻撃的に感じる。これまでわざわざ因縁を吹っ掛けにくるような真似《まね》はしなかった。

彼女の向こうに目をやれば、野添《のぞえ》の周りに集まった女子の一団があった。その表情は様々。日下《くさか》ほどではないにしても、見下すような目を向けてくるもの。またかといった顔をしつつもとめる様子もないもの。彼女のこの行動に戸惑っているもの……。

そして、その中心では野添《のぞえ》が申し訳なさそうな顔をしていた。

セレナが一歩前に出る。

「あのさ、いったいいつまで——」

「セレナ」

だが、僕は彼女をとめた。

そこでちょうどチャイムが鳴る。

「ふ、ふん」

日下《くさか》はセレナが一瞬見せた迫力にたじろぎながらも、捨《す》て台詞《ぜりふ》のように鼻を鳴らした。踵《きびす》を返《かえ》し、野添《のぞえ》たちのもとに戻っていく。

セレナが舌打ちした。

「あたしらも戻るか」

「そうだね」

セレナと竜之介《りゅうのすけ》はさっきまで騒いでいたのもどこへやら、気怠るそうな調子でそう口にした。

僕の脳裏には先ほどの野添《のぞえ》の姿が残っていた。彼女にいつまでもあんな顔をさせておくわけにはいかないだろう。

「ふたりとも、近いうちに僕がひと悶着《もんちゃく》起こすって言ったらどうする?」

僕はセレナと竜之介《りゅうのすけ》に尋ねる。ひどく曖昧な質問だ。

だけど、それでも伝わったようで、ふたりは一度顔を見合せた後、

「「断然支持」」

満面の笑みでそうとだけ言ったのだった。

次の休み時間、野添《のぞえ》からLINEが届いた。

『今夜待ってます』

慌てて打ったような短い文章だ。僕はすぐに了解の返事を送った。

§§§

その日の夜、午後八時にあわせていつものコンビニに行く。

店舗に入ってイートインコーナーに目をやるが、そこに野添《のぞえ》の姿はなかった。まだきていないだろうと思い、売り場に行ったところで彼女とばったり鉢合わせた。手にはアイスコーヒーのカップ。どうやらわずかな差だったようだ。

野添《のぞえ》は僕の姿を認めると、小さく「あ」の発音。

「先に行ってますね」

そして、笑みを浮かべながらそう言って僕の横をすり抜けると、レジへ向かった。

僕も同じように冷凍庫から氷の入ったカップを取る。レジはふたつあるうちひとつしか開放されておらず、その上たまたま客が集中したようで、僕はレジ待ちをしている野添《のぞえ》の後ろに並ぶことになった。

　彼女はちらと後ろを振り返り、僕を見た。すぐにまた前を向く。

「野添《のぞえ》──」

「ダメです。自分の分は自分で払います」

　ぴしゃりと言い放つ。

「……まだ何も言ってないが？」

「それくらいわかります」

　彼女はつんと澄まし顔で、それでいてどこか得意げに言った。

　程なくしてバックヤードから店員がもうひとり出てきて、レジは二台が稼働《かどう》しはじめた。僕たちはそれぞれ会計をすませ、サーバーでコーヒーを淹《い》れてからイートインに腰を下ろした。

「大丈夫ですか？」

　そうしてコーヒーをひと口飲んで喉を潤したところで、野添《のぞえ》が切り出してくる。

「何が？」

「学校でのことです。休み時間の」

「ああ、あれか」

　日下《くさか》が突っかかってきてセレナと一触即発の空気になった件だ。思えば野添《のぞえ》が僕をここに呼び出すメッセージを送ってきたのもあの後だった。

「あんなものだろ」

「そうでしょうか……？」

不安そうな顔を見せる野添《のぞえ》。

どうやら彼女は去年から続くお馴染《なじ》みの光景を心配したというわけではなさそうだ。日常茶飯事だと一笑に付して流してしまおうとしたのだが、失敗に終わった。

「そうだな。ちょっと日下《くさか》の様子がおかしかったかもしれない」

「わたしもそんな気がしました」

僕としては何かちがうとしたら日下《くさか》のことなのだが、それは野添《のぞえ》も同じだったようだ。

日下《くさか》の変調の原因は焦《あせ》りではないかと僕は思っていた。

学年が上がった際、当然のようにクラス替えがあり、去年同じクラスだった生徒は今や四分の一ほどだ。加えて根来《ねごろ》はクラス担任ではなくなり、それどころか授業すらない。それ故『赤《あか》沢《ざわ》に関わると根来《ねごろ》に目をつけられる』の合言葉は効力を失いつつある。

だが、日下《くさか》をはじめとする一部のクラスメイトは続けたいのだ。赤沢公親《あかざわきみちか》を邪険に扱うという遊びを。それができなくなる焦《あせ》り。換言するなら精神的優位が失われる焦《あせ》りが、日下《くさか》を攻撃的な態度にさせているのではないだろうか。

「野添《のぞえ》、僕は誰も彼もから好かれようとは思ってないんだ」

僕は少しだけ自分の考えを述べることにした。

「何せこんな性格だから、人に好かれようだなんて土台むりな話だ」

「そんなこと……」

　僕が自嘲気味に言えば、野添《のぞえ》はそれを否定しようとしたが、咄嗟《とっさ》のことでうまく言葉が出なかったようだ。否定する材料が見つからなかったのかもしれない。

「だから、数人の友人がいれば十分だと思ってる」

　それは言うまでもなくセレナと竜之介《りゅうのすけ》だ。

　セレナはつい先日、本音を聞かせてくれた。あれだけ気にかけてくれている友人がいる自分はとても幸せだと思う。

「数人、ですか……」

「そう」

　単語を鸚鵡返《おうむがえ》しにする野添《のぞえ》に、僕はうなずく。

「今は野添《のぞえ》もそのひとりだろうな」

「えっ」

　何やら考え込んでいたらしい野添《のぞえ》は自分の名前を挙げられて、びっくりしたように背筋を伸ばした。

「あ、はい……」

　そして、恥ずかしそうにテーブルの上のコーヒーに視線を落としてしまった。

「だから僕は誰に何を言われようとさほど堪えてはいない。野添《のぞえ》も心配しなくていい」

「赤沢《あかざわ》さんがそう言うなら」

　野添《のぞえ》は納得してくれたようだ。とは言え彼女の性格からして、今日みたいな場面を見ればやはり胸を痛めるのだろう。いずれどうにかしないと。

「と、ところで赤沢《あかざわ》さん――」

　おもむろに野添《のぞえ》があらたまった調子で切り出してきた。

「榛原《はいばら》さんとデートをするというのは本当でしょうか？」

「……」

　僕は思わず無言。

「や、やっぱり本当なんですね」

「いや、待て。ちがう。誤解だ。今のはただまったく予想もしなかったことを言われて言葉が出なかっただけだ」

　どういうわけか野添《のぞえ》が泣き崩れるような気がして、僕は慌てて言い訳じみたことを口にした。

「そもそもそんな話、誰から聞いた？」

「日下《くさか》さんですが？」

「じゃあ、たぶん中途半端《ちゅうとはんぱ》に僕たちの話を聞いてしまったんだろうな」

　もしくは悪意をもってわざと間違った情報を伝えたか。

「中途半端《ちゅうとはんぱ》に、とは？」

「この前も少し話しただろ。セレナや竜之介《りゅうのすけ》と遊びにいくって話。その相談をしてたんだ」

あのとき後ろから迫っていた日下《くさか》がそれを聞いていたにちがいない。「ああ」と納得する野添《のぞえ》に、僕はもう少し詳しい話をしてやった。

「なるほど。そういうことだったんですね。びっくりしました」

それを聞いた野添《のぞえ》はほっと胸を撫《な》で下《お》ろす。……果たして日下《くさか》に吹き込まれた話は、そこまで彼女に不安を与えるようなものだろうか？

「そ、それだったら――」

野添《のぞえ》はどこか緊張の面持ちで口を開く。

「わたしと、その、デ、デ――」

野添《のぞえ》はやけに慎重に言葉を選び、ひとつひとつ確かめるようにゆっくり発音していくが、やがて言葉を詰まらせて途切れてしまった。

「す、すみません。やっぱり今のはなしで」

野添《のぞえ》はぱたぱたと手を振る。

「つまりですね、わたしも赤沢《あかざわ》さんのお休みにつき合ってみたいと思いまして」

「僕たちと一緒に行きたいという話か？」

「いえ、そうではなくて。先日はわたしにつき合ってもらったので、今度はわたしが赤沢《あかざわ》さんの休日の過ごし方につき合いたいんです」

確かに僕の意見はふたりによって却下された。僕らしい休日の過ごし方というのは反映されないだろう。尤《もっと》も、参考までに聞かれて答えただけで、自分の意見を通そうとしたわけではないが。それなのに却下というのは、よくよく考えたら理不尽な話だ。

「だけど、僕が行くところなんて図書館くらいのものだぞ」

「それでもかまいません。というか、わたしも図書館は好きです！」

野添《のぞえ》は僕のほうに体ごと向き直ると、身を乗り出してきた。その勢いに僕の体が斜めになる。

「わかった」

と言いつつ僕は、野添《のぞえ》を掌《てのひら》で押し返しながら体勢をもとに戻した。相変わらず気持ちが昂《たかぶ》るとパーソナルスペースに無頓着になるな。この感じだと自分が身を乗り出したことも、押し戻されたことも気づいていないだろう。

「別にいいけど、楽しさは保証できないからな」

むしろ楽しくないことなら保証できる。

「いえ、わたしなら大丈夫です」

と、野添《のぞえ》は握り拳に力を込めた。「今度こそ赤沢《あかざわ》さんに――」と、己に言い聞かせるように何ごとかをつぶやき、謎の意気込みを見せる。

そうしてから再びこちらを向いた。

「楽しみにしていてくださいね」

「う、うん？」

僕は意味を汲《く》み取《と》れないまま中途半端《ちゅうとはんぱ》な返事をしてしまう。

それは僕につき合う立場である野添《のぞえ》が言う台詞《せりふ》として正しいのだろうか？

2

野添《のぞえ》との約束はゴールデンウィーク初日になった。

とは言え、今年の四月二十九日、昭和の日は土曜にも日曜にもくっつかなかったため、ただ単にウィークデイに突然現れた休日でしかなく、ゴールデンウィークといった感じはなかった。

昨日は学校、明日も学校だ。

幸い市の図書館は暦通り休館するようなこともなく、本日の目的は果たせそうだった。

野添《のぞえ》との待ち合わせは午後からで、場所は駅前の時計塔の前。この街ではメジャーな待ち合わせ場所のひとつだ。

ただ、もしかしたら野添《のぞえ》が前回みたいにここに着替えにくるかもしれないと思い、あまり早くには家を出ずに様子を窺《うかが》っていた。が、待てど暮らせどインターフォンは鳴らない。そうしているうちに待ち合わせの時間が迫ってきて——ついに制限時間いっぱいとなり、家を出た。

駅前に辿《たど》り着《つ》いたのは約束の時間ちょうど。かくして時計塔の前に野添《のぞえ》の姿はあった。今日は家で着替えてから出てきたらしく、先日と同じ赤いチェックのスカート……と思いきや、そのスカートは一部が欠けていて、下に穿《は》いたショートパンツが見えていた。コーディネイト前提のデザインらしい。

上は前回とは反対に体の線が出るタイトなトップスだった。この差は彼女が人前でこういう服を着ることに慣れてきたためか、それとも単に気温によるものか。そして、髪はいつものようにボリュームをつけてアップにしていた。

彼女は人待ち顔で立つたくさんの人の中にあって、行き交う人々を興味深げに見ている。その視線の先には決まって同年代の少女がいるので、おそらく服を見ているのだろう。そのせいか彼女はまだ僕に気づいていない。

そうやって世のトレンドを観察する野添《のぞえ》は、一方で自分が見られる立場でもあった。それはそうだろう。ただでさえ人目を引く美少女が目立つ服を着ているのだ。注目されないはずがない。中には野添《のぞえ》に目を奪われながら通り過ぎていき、そのまま人とぶつかりそうになっているものもいた。

そんな野添《のぞえ》に、僕は少しだけ首を傾《かし》げる。前回彼女は人目を集めていることにびくびくしていた。それが今はそんな素振りもない。ほかのことに夢中になっているからと言われればそれまでなのだが。でも、同様に家族や近所の人に見られたくないからと僕の家で着替えた彼女が、今日はこなかった。そのこととあわせて、やはり今の野添《のぞえ》の姿は少し不思議だった。

ふと、僕と同じくらいの歳《とし》の男三人が何ごとか言葉を交わした後、野添《のぞえ》に向かって歩き出したのが見えた。

「野添《のぞえ》！」

まだ距離はあったが、僕は彼女の名を呼んだ。

野添《のぞえ》が僕に気づき、ぱっと笑顔を見せる。と同時に近くを歩いていた何人かも僕を見た。続けて野添《のぞえ》に目をやるものもいる。野添《のぞえ》は僕の声に応えようとしたが、にわかに注目が集まったことでそれもできなかったようだ。代わりにこちらに歩いてくる。

先ほど野添《のぞえ》に近づこうとしていた男三人は、もう興味を失ったように背を向けて去っていくところだった。

「悪い。遅くなった」

野添《のぞえ》と合流する。

「大丈夫です。今がちょうど時間ですから。でも、珍しいですね。赤沢《あかざわ》さんが時間ギリギリにくるなんて」

くすりと笑う野添《のぞえ》。

いったい誰のせいでこんなギリギリになったと思ってるんだ——と、僕は実に勝手なことを思ってしまった。野添《のぞえ》がくるかもしれないと、頼まれもしないのに家で待っていたのは誰でもない僕自身だというのに。

でも、少し何か言い返したくなった。

「珍しいって言うけど、僕のこと知らないだろ？　僕は時間にルーズで、平気で遅刻してくるやつかもしれない」

「それはそうですけど……でも、赤沢《あかざわ》さんは普段からちゃんとしている人だと思います」

だが、野添《のぞえ》は迷いなくそう言う。

「どうだろうな」

僕とて確かに約束を守るのは正しい行いだと思っている。ささやかな抵抗として言い返してみたが、どうやら意味のない行為だったようだ。

「行こうか」

こんなところで立ち話をしていても時間の無駄だ。誰もが使う待ち合わせ場所で相手と合流したなら、とっととそこを離れるのがマナーというものだろう。

この街はかなり計画的に設計されている。駅周辺にはショッピングモールといくつかの公共施設があり、あるところを境に住宅街や学校などがあるエリアになる。街を活気づける賑《にぎ》やかな場所と生活や教育に適した静かな場所がくっきりと分かれているのだ。

図書館もこの駅周辺の十分に駅前と呼べる場所にある。

「あ、そ、そうですね」

だが、返ってきた野添《のぞえ》の言葉の調子はどこか乗り気ではないように聞こえた。

僕はすぐに理解する。

「先にモールに寄っていくか？」

「え？　いえ、別にわたしは……」

そんなつもりはないとばかりに首を振る野添《のぞえ》に、僕はひと言。

「それくらいわかるよ」

ここで僕を待っていた野添《のぞえ》は、行き交う同年代の女の子の服を観察していた。そうしているうちに自分も服を探したくなったのだろう。それを示すかのように、いま僕が図書館に足を向けようとしたときも彼女はちらとショッピングモールを見ていた。

「じゃ、じゃあ、少しだけ」

野添《のぞえ》は恥ずかしそうにそう言った。

ショッピングモールは大きな駅舎のすぐ隣にある。実際には中でつながってもいるので、電車でここにきて、そのまま外に出ることなくモールへ入ることができる。僕たちは前回と同じようにファッションフロアを目指した。

その途中、前にきたときにはなかったものが目に入った。それは夏に向けた特設会場で、早くも水着が売られているようだ。ゴールデンウィークに合わせてはじまったのだろうか。だとしたら今日が初日ということになる。

そんな夏を先取りした華やかなコーナーを横目に僕らは歩く。

「あ、あの……」

野添《のぞえ》が切り出してきた。

「赤沢《あかざわ》さんもやっぱり夏にはプールや海に行くのでしょうか？」

「いや、少なくとも去年は行ってないな」

何度も言っているように、僕はクラスメイトから距離を置かれている身だ。当然そんな機会はなかった。

「でも、今年はどうだろう？」

「え？」

「今度セレナや竜之介《りゅうのすけ》と遊びにいくから、その感触によっては夏にそういうこともあるかもしれないな」

そうなるとセレナは男なんかと行きたくないだろうから、竜之介《りゅうのすけ》ということになるか。男ふたりで行くのも滑稽なので、きっと竜之介《りゅうのすけ》があちこち声をかけて誘うのだろう。その中で僕が浮かなければいいが。

「は、榛原《はいばら》さんですか……」

野添《のぞえ》はうめくようにして言葉を絞り出す。動きには表れていないが、何やら頭を抱えているようにも見えた。どうしてそんなことになっているのかはわからないが、ここはそっとしておいたほうがよさそうだ。

「赤沢《あかざわ》さん」

程なくして、野添《のぞえ》はやけに力強く僕を呼んだ。

「さすがに榛原《はいばら》さんほどではないですが、わたしもがっかりさせるようなことはないはずです」

「うん？」

いったい何のことかわからず、僕は曖昧に返事をする。

「期待しててください」

「あ、うん、わかった。そうする」

決意のこもった目で前を見据えて歩く野添《のぞえ》に、僕はそれだけを言うのがやっとだった。最近こんなのが多い気がする。

§§§

ファッションフロアにきた。

少しだけ心配だった。前回野添《のぞえ》は親しげに話しかけてくる店員にうまく対応できず、出鼻を挫《くじ》かれている。あのときのことを引きずっていなければいいが。

だが、そんな僕の心配をよそに、野添《のぞえ》は目を輝かせてフロアを見て回っている。

そうして一軒の店舗に入ったのだが、そこはよりにもよって先にも述べた因縁の店だった。ディスプレイされている服のセンスが琴線に触れたのなら、前回も今回もここに引き寄せられるのは当然の結果なのかもしれない。

「あら、あなたは先日の」

そして、野添《のぞえ》ほどの美少女が入ってくれば同じように声をかけてくるのも、やはり当然なのだろう。

その口振りからもわかるように、前回と同じ店員だ。すぐに立ち去った野添《のぞえ》のことを覚えていたのは職業柄か、それともそれだけ彼女のことが印象に残ったからか。

野添《のぞえ》がわずかに体を跳ねさせた。にわかに緊張が走る。

「今日は何をお探しですか？」

「い、いえ、特に何かというわけではなく、ちょっと見て回ってるだけですから。何かあれば呼ばせてもらいますね」

野添《のぞえ》の反応次第では僕がまた割って入る必要があるだろう。そう思ったのだが、彼女はたどたどしくも無難な言葉で店員の接客をやんわりと断ったのだった。

僕は野添《のぞえ》の様子を窺《うかが》う。彼女は特に何か大きなことをやり遂げてみせたといった感じではなく、何ごともなかったかのようにアイテムを物色していた。

野添《のぞえ》はギャル系ファッションに身を包むと、自信のなさに引っ張られて途端におどおどしてしまう。コンビニ程度なら平気だが、人目の多い場所だとその傾向が強い。しかし、本来は深窓の令嬢然としながらも誰に対しても物怖《ものお》じしない少女だ。それを考えれば今の対応も当たり前にできるのが確かに自然なのだが……。

「あ、あの、わたしの顔に何かついてますか……？」

「いや、何でもない」

どうにも野添《のぞえ》の小さな変化が気になってしまい、いつの間にか彼女の横顔を不躾《ぶしつけ》に眺めてしまっていたようだ。戸惑いながら聞いてくる彼女に、僕は誤魔化すような返事をする。

「そうですか？　じゃあ、次いきますね？」

野添《のぞえ》は特にほしいと思うものがなかったのか、それとも今日は何も買うつもりがないのか、手に取っていた服を丁寧に置くと、次なる場所を求めて歩き出した。店舗を出る際、「ありがとうございましたー」という店員の朗らかな声が背中越しに聞こえた。

次に立ち寄ったのは雑貨屋だった。

「どうですか、これ」

目にとまったイヤリングがいたく気に入ったようで、野添《のぞえ》は自分の耳のそばでぶら下げてみせた。存在を主張しすぎないデザインが彼女によく似合っている。

「学校にこれをつけていったら、みんな驚くでしょうね」

それは野添《のぞえ》にとって楽しい空想だったのだろう。可笑《おか》しそうにくすくすと笑う。確かにこれなら制服にもあいそうだ。

「こういうのをつけてるのは……日下《くさか》がそうだな」

時々特に見せびらかしたり自慢したりするわけでもなく、さりげなくつけていることがある。身だしなみにうるさい先生の授業の前に慌てて外している姿も何回か見たことがあった。

野添《のぞえ》の目がわずかに鋭くなる。

「よく見てるんですね」

「目聡《めざと》いだけだよ」

きっかけは竜之介《りゅうのすけ》だろう。彼はファッションやアクセサリに興味がある。やれあの子が新色のリップをつけていただの、この子がピアスをしはじめただの聞かされれば、こちらも自然とそういう目が養われていくものだ。

「ん？」

ふと気になることがあった。

「何か？」

「日下《くさか》ってピアスしてなかったか？」

ているのか?


イヤリングではなくピアスをしていたのを見たような気がする。別の女子と混同してしまっ
「ええ、してるときもありますね。でも、あれはノンホールピアスです。男性用だとよくフェイクピアスなんて呼ばれたりしますね」

確かに僕は男性だが、所詮は興味なき知識なのでフェイクピアスという名称にも聞き馴染《なじ》みはない。しかし、名前を聞けばもはや説明は不要だった。

「なるほど。穴を開けなくてもつけられるピアスか」

「日下《くさか》さんも服の趣味はこれですから」

そう言いながら野添《のぞえ》は両手を広げてみせた。つまりギャル系ファッションか。そう言えば私服可の校外学習のとき、彼女の服が派手だと感じた記憶がある。あれはギャル系の服をベースにしつつ、学校行事ということで主張をひかえめにした結果だったのだろう。

だとしたら耳を飾るもののバリエーションとして、イヤリング以外にもピアスという選択肢もほしいにちがいない。そうして選んだのがノンホールピアスというわけだ。

「そろそろ行きましょう。今日の目的は図書館ですから」

僕の疑問が解決したところで、野添《のぞえ》は意気揚々と本日のメインイベントへと向かおうとする。

「忘れてくれてもよかったのに」

「ダメです。今日は赤沢《あかざわ》さんにつき合うって決めてるんですから」

僕にとって図書館はひとりで行く場所であり、静寂を美徳とするあの施設に誰かとつれだって行く意味がよくわからないのだが。

「今まで店を梯子《はしご》しながらはしゃいでたやつの台詞《せりふ》じゃないな」

「は、はしゃいでません！」

僕に指摘されて恥ずかしかったのか、顔を赤くして言い返してくる野添《のぞえ》。

「ほら、行くんだろう？」

「もぅ」

頬をふくらませながらも店舗を出ようとする。が、そこで野添《のぞえ》は「あ……」と小さく声を上げ、足を止めた。

「すみません。最後にもう一度だけ」

そうして彼女は先ほどのイヤリングをまた手に取った。今度はきちんと耳につけてみる。そこに置いてあった縦に長い楕円《だえん》形の鏡で自分を映し、何度か角度を変えて見た後、嬉《うれ》しそうに微笑《ほほえ》んだ。よほど気に入ったのだろう。でも、それだけで満足したのか、野添《のぞえ》はイヤリングを耳から外すと、そっともとの場所に戻した。

それを今度は僕が手に取る。

「買うよ」

「え？」

なっていた。


野添《のぞえ》の口から驚きの声がもれる。

「そんな！　悪いです」

「気にするな。たいした値段じゃない」

この店がターゲットにしている年齢層は高くないようで、それだけに手が出しやすい値段に
「気に入ったのなら買えばいい。それが正しい」

店を出る前に一度身につけてみようと思う程度には、野添《のぞえ》はこれを気に入ったのだろう。で
あれば買わないという選択肢はない。

「でも、赤沢《あかざわ》さんに買ってもらう理由がありません」

「僕が見たい」

直後、野添《のぞえ》が唖然《あぜん》とする。

僕にはイヤリングのデザインのよし悪《あ》しはわからないし、野添《のぞえ》によく似合っていると感じは
してもその理由をうまく説明することができない。でも、気に入ったイヤリングを身につけて
嬉《うれ》しそうにしている彼女の姿はもっと見ていたいと思う。

「ま、僕の身勝手だと思えば野添《のぞえ》も気が楽だろ。……外で待っててくれ。買ってくる」

野添《のぞえ》の返事も聞かず、僕は踵《きびす》を返《かえ》してレジへと向かった。

実を言うと、僕が見たいも理由になっていない。なぜなら野添《のぞえ》が自分で買ってもその望みは

叶《かな》うからだ。だから、そこに気づかれる前に会計をすませてしまえというのが僕の小賢《こざか》しい魂胆だった。

「悪い。待たせた」

そうして待っていた野添《のぞえ》のところに戻り、小さな紙袋を差し出す。

「携帯用のポーチもつけてくれたらしい」

こうやって専用のポーチもなく裸で売っているのも値段を抑えられる理由かもしれない。それでは素っ気ないから無料で配れるようなポーチをつけてくれたのだろう。

「いいんですか……？」

「ここで躊躇《ためら》われるとこいつの行き場がなくなるな」

「じゃ、じゃあ……」

野添《のぞえ》はおずおずと手を出し、それを受け取った。

「ありがとうございます。本当言うと、こういうデ……今日はわたしが赤沢《あかざわ》さんにつき合ってるのに、自分の買いものをしていいのかわからなくて」

自分の趣味で店を回ってはしゃいでいた野添《のぞえ》の台詞《せりふ》ではない、と言おうとしたがやめておいた。そもそもここに行こうと言い出したのは僕だ。それにイヤリングを受け取った野添《のぞえ》は、先ほどまでの戸惑いとは一転して素直に嬉《うれ》しそうな顔をしている。そこに水を差す必要はないだろう。

野添《のぞえ》はイヤリングの入った紙袋をじっと見ている。

「どうした？」

僕は彼女がさっそく耳につけるのだろうと思った。期待したと言ってもいい。だが、何やら迷っている様子だった。

「あの、せっかく買ってもらったから、すぐにつけてみようと思ったのですが……次のときでもいいでしょうか？」

「次？」

「はい。次、です」

野添《のぞえ》はおそるおそるといった調子で聞いてくる。その目には不安とともに、期待が見え隠れしていた。そして、幸いにも僕はその期待に応えてもいいと思っていた。

「そうだな。次でもいいと思う」

「わかりました。じゃあ、次のときに」

そう返事をする野添《のぞえ》はとても嬉《うれ》しそうだった。

3

ショッピングモールを出て、今度は図書館に入った。

駅前にはこの街の名を冠したセンタービルと呼ばれる建物がある。中にはクリニックがいくつかと、日ごと曜日ごとに様々な文化教室が開かれる大小の部屋があるようだ。その横に地上三階、地下一階の図書館はあった。公共性の高い文化施設を駅前の一角に集めて利便性を高めようとしたのだろう。

野添瑞希《のぞえみずき》は深窓の令嬢然とした少女だ。洋館の窓辺で読書をしている姿がさぞかし様になるだろう。そんな彼女だから図書館もよく似合うはずだ。

そう思ったのだが、残念なことに今の野添《のぞえ》は見た目がギャルだった。

「わたし、浮いてるでしょうか……？」

「かもしれないな」

多くの人が行き交うエントランスや貸出カウンタ付近はまだましだった。それでも入館ゲート脇の小さなカウンタにいた図書館員をはじめとして、野添《のぞえ》を見た何人かはぎょっとしていたが。しかし、階を上がって静かな書架や閲覧席のほうにきてみれば、今の彼女の姿は図書館の雰囲気と絶望的にマッチしていなかった。

「赤沢《あかざわ》さんはよくここへ？」

人が少なくなると、今度はさっきまでの調子が少しずつ戻ってきた。野添《のぞえ》は興味深げに立ち並ぶ書架に目をやっている。

「ああ。野添《のぞえ》は？　ずっとここに住んでるんだろ？」

「中学のころまではよく利用してましたね。でも、高校に入ってからは足が遠のきました。しばらくこない間にずいぶんと感じが変わった気がします」

そう言えば僕がこの街にきたのは高校の入学に合わせてだが、その直前くらいに一週間ほどの休館を経て大きくリニューアルしたとの掲示を見た覚えがある。彼女の記憶との差はそこで生まれたのだろう。

「赤沢《あかざわ》さん」

隣を歩く野添《のぞえ》が僕の体の前に手を伸ばしてきた。止まれの合図のようだ。立ち止まって周りを見てみれば、ブックトラックを押した女性の図書館員がいた。やはり野添《のぞえ》を見てぎょっとする。ギャルに図書館は似合わない。

「どうぞ」

「いえ、どうぞ。先に行ってください」

野添《のぞえ》は道を譲ろうとするが、図書館員としてはたとえ本を大量に積んだブックトラックを押していたとしても利用者の前を横切るわけにはいかないのだろう。

「野添《のぞえ》、行こう」

「え？　あ、はい。……ありがとうございます」

僕が促すと、野添《のぞえ》は礼を言って図書館員の前を通り過ぎた。僕の視界の隅で女性が少し笑っているのが見えた。野添《のぞえ》の見た目と丁寧な態度のギャップが可笑《おか》しかったのだろう。

「わたし、少し見て回ってきますね」

「ああ」

　少しの間ふたりで目的もなく館内を歩いていたのだが、ついに野添《のぞえ》は何年かぶりにきた図書館に好奇心が抑えられなくなったようだ。

　離れていく彼女を見て、僕につき合うという最初の目的はどこにいったのだろうかと思った。

「おっと、チカ発見！」

　ひとりになったことでいつもよく見ている書架を巡っていると、不意に声が聞こえた。見れば書架にはさまれた通路の先に竜之介《りゅうのすけ》の姿があった。

「本当に見つかるとは思わなかった」

　そう言って彼は笑う。

「どうした、こんなところまできて。何か用か？」

「いや、休みの日はよくここにいるって聞いてたからさ。近くまできたついでに本当にいるかなと思って覗《のぞ》きにきたんだ」

　それならば僕が言った通りで何も不思議はないはずなのだが、なぜ笑うのだろうか。

「暇そうで何より」

「そうでもないよ。今からみんなで映画を見にいくからね」

　その待ち合わせがこの駅なのだろう。そして、時間までの暇つぶしにこの図書館に寄ってみたわけか。

「チカも行く?」

「いや、悪い。今ひとりじゃないんだ」

「あ、そうなんだ。めっずらしー」

さて、これで竜之介《りゅうのすけ》は詮索することなく納得してくれるだろうか。セレナと竜之介《りゅうのすけ》以外友達の影のない僕のつれ合いということで、変に興味をもたれる前に別れたいところだが――、

「赤沢《あかざわ》さん」

残念ながら遅かったようだ。野添《のぞえ》が戻ってきた。

「そろそろ……あ!」

ひと通り回った彼女は僕をさがし――見つけたはいいが、僕の後ろから声をかけたせいで竜之介《りゅうのすけ》には気がつかなかったようだ。毎日教室で見る顔に思わず声がもれる。

「んー?」

竜之介《りゅうのすけ》が目を細めながら彼女を見る。今のところ野添《のぞえ》だと気づいていないようだが、時間の問題か。

「その声……もしかして野添《のぞえ》さん⁉」

案の定だった。

どうやら声が決め手になってしまったようだ。以前野添《のぞえ》はまだこの姿で誰にも気づかれたこ

とがないと言っていた。実際に知った顔にばったり出くわしても、気づかれないままやり過ごせた経験があるのだろう。今回も声さえ出さなければ竜之介《りゅうのすけ》は気づかなかったかもしれない。

「へぇえ」

竜之介《りゅうのすけ》は感心したように声を上げる。

「いいね。すごくいい！」

今の野添《のぞえ》の姿が琴線に触れたようだ。一方、野添《のぞえ》はとてもばつが悪そうだった。

「あ、あの、変だと思わないいんですか？」

「なんで？　かわいいじゃん」

不思議そうに首を傾《かし》げる竜之介《りゅうのすけ》。

「だって、これですよ？　学校でのわたしとちがいすぎますし……」

「いや、オレってそういうのと正反対のところにいると思ってんだけど？　オレなんて男なのに女の子のファッションとアクセに興味があって、女子に交じってその話で盛り上がってんだよ？」

確かに竜之介《りゅうのすけ》は、男とはかくあるべしみたいなものを鼻で笑える人間だ。野添瑞希《のぞえみずき》という人物に勝手なイメージをもっていないだろうし、仮にもっていたとしてもそこに生まれたズレを受け入れるにちがいない。

「こういうやつだ」

竜之介《りゅうのすけ》の反応に驚いている野添《のぞえ》に、僕はそう言ってやった。

「それにしても——やっぱかわいいよね。それにカッコいい。カッコかわいい。もしかしてこういうの着はじめてもう長い？　すっごい慣れてる感じ」

「去年からです」

「へぇ、意外と最近なんだ。それでこの着こなしかぁ。やっぱもとがいいからかな？」

「そのへんにしとけ。野添《のぞえ》が困ってる」

あらためて竜之介《りゅうのすけ》があちこち角度を変えながらしげしげと眺めてくるものだから、野添《のぞえ》は非常に居心地が悪そうだった。

「ああ、ごめんごめん。ついね。……で、これってどういう流れ？」

「二年になってすぐのころ、たまたま外で会ったんだ。今日は野添《のぞえ》が僕の休日がどんなのか見たいって言うから、ふたりでふらふら回ってる」

「そんな感じです」

詳しいことは後日話せばいいかと思い、僕が竜之介《りゅうのすけ》の問いに雑な答えを返すと、相づちを打つように野添《のぞえ》が続いた。

竜之介《りゅうのすけ》は黙って僕と野添《のぞえ》を交互に見た。

「あ、そういうこと」

やがて天啓でも閃《ひらめ》いたかのように何か納得する。

「ち、ちがいますっ！　これはその……」

「いいっていいって。オレ、話好きだけど、話していいこととダメなことの区別はちゃんとつくから。それに納得しかないしね。……なるほど。じゃあ、今日はデートなんだ？」

竜之介《りゅうのすけ》はにやにやと笑いながら僕を見る。

「それはさっき説明しただろ。野添《のぞえ》が僕につき合いたいからって」

「あー……」

いきなり竜之介《りゅうのすけ》がすべてを悟ったような声を出した。ついでにどこか残念そうに僕を見る。

なぜか野添《のぞえ》までもが非難めいた目を僕に向けていた。

「野添《のぞえ》さん、苦労してんだ」

「え？　いえ、まぁ、その……はい」

野添《のぞえ》は否定なのか肯定なのかわからない、曖昧な言葉を紡《つむ》いだ。

「よし。じゃあ、オレはそろそろ退散するかな。邪魔しちゃ悪いし」

「竜之介《りゅうのすけ》、この後どう動く？」

「ん？　ああ。改札前でみんなと合流して、そのまま上のシネコンに行く」

彼は僕の質問の意図を正確に察したようだ。答えながら人差し指を真上に向ける。もちろんこの図書館の上のことではない。竜之介《りゅうのすけ》たちが行くというシネマコンプレックスはショッピングモールの上層階にあるのだ。

「映画の時間にあわせて待ち合わせ時間を設定してるからね。外に出ることはないよ。もしこのあと電車に乗るんだったら気をつけて」

竜之介《りゅうのすけ》はこちらが知りたいことを余すところなくおしえてくれる。今のところ電車での移動の予定はないから、集合時間に合わせてやってきた知り合いと駅の構内でばったりということはないだろう。

「じゃあね、ふたりとも。野添《のぞえ》さん、がんばって」

そうして竜之介《りゅうのすけ》は弾むような足取りで意気揚々と去っていった。

「僕たちはもう少ししてから出るか」

「そうですね」

竜之介《りゅうのすけ》の話を聞くかぎり、行動範囲は重なっていないので鉢合わせすることはないはずだが、念には念を入れてだ。

予想外な人物の登場と退場に少々呆気《あっけ》にとられながらも、僕たちは次なる行動を決めた。

4

図書館の外に出た。

「まぁ、こんなものだな」

いちおうこれで今日の目的は達成したことになる。

僕の休日につき合いたいと野添《のぞえ》が言い出したときは、そんなことをしてもきっと面白くもなんともないだろうと思ったもので、それは今でも変わらない。果たして、こんなのでよかったのだろうか？　彼女がショッピングモールに行きたそうな素振りを見せなかったら、本当にこの図書館だけ寄って終わっていたはずだ。

腕時計を見れば、もう夕方と言っていい時間だった。とは言え、季節は夏に向かっているので夕闇の気配もない。何をやるにしても中途半端《ちゅうとはんぱ》な時刻なので、帰ったら少し早めの夕食にするか。

「あの、ですね……」

野添《のぞえ》がおもむろに切り出してくる。

「どうした？　まだどこか寄りたい場所でも？」

「いえ、そうではなくて……」

僕が先を促してもなかなか言い出さない。そんなに言いにくいことなのだろうか？

「わたし、赤沢《あかざわ》さんのお部屋に行きたいです！」

やがて意を決して絞り出されたのはそんな言葉。

「は……？」

「え？　……あ、いえ、変な意味じゃなくて」

野添《のぞえ》は宙に吐き出した言葉をかき消そうとするかのように、真っ赤な顔でぱたぱたと両手を振った。

「赤沢《あかざわ》さんのために夕食を作ってあげたいと思ってて……」

「ああ、そういうことか。……僕に？」

ようやく彼女が何を言いたかったか理解したが、それはそれでやはり意味がわからなかった。

「はい。ダメでしょうか？」

野添《のぞえ》は自信なさげに重ねて問うてくる。

「いや、ダメとかではなくて、野添《のぞえ》にそこまでしてもらう理由がない」

「理由ならあります。この前はクレープをご馳走《ちそう》になりましたし、今日はイヤリングを買ってくれました」

「どっちもたいしたものじゃない」

「この前も、去年も、赤沢《あかざわ》さんに迷惑をかけました。何か返さないと気がすみません」

野添《のぞえ》の言うこの前というのは見舞いにきて倒れたときのことだろう。

「困っている人間がいれば助けるのが正しい行いだ。そもそもこの前のときに関しては僕は何もしていない。何か返したいというならセレナにしてやってくれ。僕はいい」

と、ここまで言っておいて、しまったと思った。野添《のぞえ》があまりにも想定外のことを言うもので、遠慮しようと思うあまり断る理由を並べすぎた。

案の定、野添《のぞえ》は頬をふくらませながら、機嫌が悪そうに僕を見つめていた。

「わかりました」

おもむろに大きなため息を吐いた後、彼女は静かにそう言った。

「理由は『わたしが作りたい』からです。わたしの身勝手な理由だと思えば、赤沢《あかざわ》さんも気が楽ですよね？」

先ほど僕がイヤリングを買ったときに使った理由だ。これを言われてしまえば僕は何も言い返せなくなる。

野添《のぞえ》はしてやったりと勝ち誇った顔をしている。彼女は時々妙に意固地になるところがあって、たぶん今もそのパターンだろう。こうなってしまえば何を言ってもむだだ。

「わかった。野添《のぞえ》に頼むよ」

「本当ですか!?　ありがとうございます！」

僕が根負けして首を縦に振ると、野添《のぞえ》は飛び上がらんばかりに喜んだ。お礼を言うのはこちらのほうだろうに。

その後、当然僕の家に夕食を作れるほどの食材の準備があろうはずもなく、ふたりで駅前の大型スーパーに寄った。すでに野添《のぞえ》は何を作るか決めているようで、買いものにはさほど時間はかからなかった。

そうしてふたりで僕の家に戻ってきた。

「さっそく取りかかりますね」

用意のいいことに、野添《のぞえ》はエプロンを持ってきていたらしい。それを広げ、身につけながら言う。

「何がいいですか？　と聞きたいところですが、今日はわたしに任せてください」

「まぁ、僕も希望はないしな」

言える立場でもない。

「できれば食べたいものくらい言えるようになってください。わたしとしてはそのほうが嬉《うれ》しいです」

「善処するよ」

いいかげんな食生活をしている人間にはなかなかハードルが高い。

「じゃあ、しばらく待っててくださいね」

「そうさせてもらうけど……野添《のぞえ》、先にこれを見てくれ」

「はい？」

振り返った野添《のぞえ》に僕が示したのは細長い食器棚だった。

「実は食器の種類がそんなにない。ここにあるやつで足りそうか？」

「そうですね……」

彼女は食器棚の扉を開け、中を確かめる。

ここにはあまり食器がない。僕ひとりしかいないというのも当然あるが、親が我が子の様子を見にきたついでに一緒に食事をするという、ひとり暮らしにありがちなシチュエーションを想定する必要がなかったのも理由のひとつだ。

「これならたぶん大丈夫です。ちょっと食器が不揃《ふぞろ》いになるかもしれませんが」

「そうか。ならよかった」

多少食器がちぐはぐでも目を瞑《つぶ》ることにしよう。

そうして野添《のぞえ》が夕食の準備に取りかかった。それはいいのだが、僕は彼女の姿を見て思わず笑ってしまった。

「え？　何かおかしいですか？」

聞こえないようにしたつもりなのだが、彼女の耳に届いてしまったようだ。振り返って問うてくる。

「いや、その恰好《かっこう》で料理をするのはきっと野添《のぞえ》くらいだろうなと思ってさ」

「言われてみれば確かに……」

と、野添《のぞえ》も己の姿を見る。

さがせば料理をするギャルはいるにちがいない。だけど、わざわざそんなよそ行きの服でしたりはしないだろう。しかも、ちゃんとエプロンはつけているという。

その後も野添《のぞえ》はエプロンを指でつまんで広げてみたり、右に左に腰をひねって背中を見ようとしたりで、自分の姿が気になって仕方がないようだった。

「いいよ、そのままで。野添《のぞえ》らしい」

「そ、そうですか？　じゃあ、続けますね」

まだどこか引っかかっている様子で、彼女は再びキッチンに向かう。

それから三十分とかからずに料理が出来上がった。前に料理はできるほうだと自ら言っただけあって手際《てぎわ》がいい。

「回鍋肉《ホイコウロウ》に、ナスと豚肉のサラダ。それと野菜スープにしてみました」

野添《のぞえ》は別段得意げになるわけでもなく言う。

「サラダのほうは本当なら具だくさんで食べるのですが、今日は回鍋肉《ホイコウロウ》があるので少なめにしてあります」

つまり回鍋肉《ホイコウロウ》が主菜で、量によっては主菜にもなるサラダは今回は副菜というわけか。

「ごはんは早炊き機能があったので、もうすぐ炊けると思います」

うちの炊飯器にそんな機能があったのか。土日など学校がない日くらいしか使わないので、ぜんぜん性能を把握していなかった。

彼女の言う通り、先の三品を用意していると炊飯器が軽快なメロディを奏《かな》で、ごはんの炊き上がりを告げてきた。

テーブルの上に料理が並ぶ。

やはり食器が不揃《ふぞろ》いになった。回鍋肉《ホイコウロウ》を盛りつける皿は大きさがそろわず、僕が大きいものを、野添《のぞえ》がひと回り小さいものを使う。サラダは大皿に盛って中央に置き、それぞれ自分の皿に取るというスタイルにした。当然のように取り皿もバラバラだ。野菜スープに至っては僕はお椀《わん》で、野添《のぞえ》は大きめのマグカップという有様《ありさま》。こんな中にあって茶碗《ちゃわん》だけはふたつあったのが奇跡と言える。

「いただきます」

さっそく食べはじめる。

「どうでしょうか……？」

用意された料理をひと口ずつ食べたところで、野添《のぞえ》がおそるおそる尋ねてきた。

「うん、美味《おい》しいと思う」

「本当ですか⁉」

「ああ、美味《おい》しい。語彙力がなくてうまく褒められないのが申し訳ないけど」

普段の食生活が無残なものなので何を食べても美味《おい》しく感じる可能性はあるが、そんな僕でもこれなら誰が食べても同じ感想をもつであろうことはわかる。

「いえ、そんな。そのひと言で十分です。よかった……」

野添《のぞえ》はほっと胸を撫《な》で下《お》ろした。そうしてから遅れて彼女も食べはじめる。

僕はあらためてテーブルの上に目をやった。

「普段まともなものを食べてないから、こういうのはありがたいな」

「あの、ちゃんと食べたほうが……」

僕が冗談めかして言えば、野添《のぞえ》は心底心配そうな顔を向けてきた。

「言葉の綾《あや》だよ。平日は時間の関係でテキトーにすませてしまうけど、休みの日はそれなりのものを作ってそれなりに食べてる。このレベルのものを求められたら困るけど」

学校の昼休みにおにぎりをふたつ食べ、夕食にコンビニでパスタを買って帰る姿を見れば、彼女が心配するのもわかるが。

その野添《のぞえ》はじっと黙っている。

「聞いてもいいでしょうか？」

やがて口を開くと、そう切り出してきた。

「また怒られてしまうかもしれませんが――赤沢《あかざわ》さんはどうして家を離れて、ここでひとり暮らしをしているのでしょうか？」

野添《のぞえ》は真《ま》っ直《す》ぐに僕を見る。

「それか。別に怒ったつもりはなかったんだけどな。悪かった。強い口調になってしまって。ただ、あのときは詮索されたくなかっただけなんだ」

「いいえ、赤沢《あかざわ》さんが謝ることじゃないです。誰だってそうですから」

そのやり取りをあらためての拒絶と感じたのだろう。野添《のぞえ》は諦めたように視線をテーブルの上に落とした。

「少しだけ話そうか」

「え？　いいんですか？」

野添《のぞえ》が驚いて顔を上げた。

「ああ。でも、たいして面白くない」

「かまいません。赤沢《あかざわ》さんのこと、もっと知りたいですから」

「そうか」

確かに早めに知っておいたほうがいいのだろう。僕は小さな勇気とともに切り出した。


「要するに僕は家を追い出されたんだ」


「え……？」

端的に結論から述べると、野添《のぞえ》は唖然《あぜん》とした。

「理由は僕の性格に問題があるから」

「どうしてですか？　わたしにはそんなふうには見えません」

「そりゃあ四六時中顔を合わせてるわけじゃないからな。いつかわかるよ」

逆に両親は早々に気づいた。

「いったいどういう問題が……？」

「順を追って話す。……どこで聞いたか忘れたけど、ひとつ腹に落ちた話がある。それによると人間は心の成長に伴って考え方や判断の基準が三段階に変化していくらしい。最初は、快と不快。これは言ってみれば赤ん坊だ」

空腹なら泣き、満たされたら笑う。眠いとぐずり、よく眠れたら機嫌がいい。考え方というよりは快や不快が行動に直結しているかたちだ。

「次に、損か得か。あまりよくない例だが、小中学生くらいの万引きなんかがこれにあたる。うまく見つからなければお金を払わずにほしいものが手に入る。払うほうが損という発想。悪いことだとわかっていても損得が先にくるんだ。まぁ、普通はやらないだろうけど」

「なるほど」

神妙な顔でうなずく野添《のぞえ》。

本当に伝わっているか少し心配になる。おそらく彼女はまっとうな家庭でまっとうに育っただろう。だから、ほしいものが何でも手に入るわけではないことや、我慢しなくてはいけない場面もあることを知っているはずだ。その野添《のぞえ》が万引き犯の心理を理解できるかどうか。

「そして、最後は正しいか正しくないか。正義か悪か、だ」

損得ではなく正しいか正しくないか。これが最も高等な判断基準になる。すべての人間が正しいことを選択し、正義を為《な》せば犯罪はなくなるし戦争も起こらないだろう。目先の利益を捨てて何世紀も先の未来のためにと、グローバルな環境問題にも取り組めるかもしれない。

しかし、実際にはそうなっていない。犯罪はなくならないし、戦争も起こる。利益を生まない環境問題への取り組みはどうにも場当たり的だ。それだけ純粋に正邪のみを判断基準にするのは難しいということだろう。

「僕が何かを考えるときの基準もここにある」

「でも、それはいいことでは？」

「本来はな。だけど、僕はふたつめの損得という判断基準を飛ばしてしまった」

物心ついたときには、正しいか正しくないかが僕の行動規範だった。

「普通は損得と正しさを天秤《てんびん》にかけるんだ。どちらに傾くというよりはバランスを考える。ひとつ身近な例を出そうか。去年の根来《ねごろ》の件だ」

野添《のぞえ》の顔がかすかに強張《こわば》る。よい思い出とは言い難《がた》い事件だから当然だろう。

「まともな判断ができる生徒なら、どんなに正義感が強くても根来《ねごろ》には歯向かわない。今後の学校生活に支障をきたすからな。正義の行使の代償として割に合わない」

「わたしは歯向かいました」

「それは野添《のぞえ》が当事者だからだよ」

彼女は根来《ねごろ》の言いなりにはならないというかたちで歯向かった。それは自身の尊厳をかけた正義の戦いだったはずだ。その一方で損得の判断もあったにちがいない。何せ自分のこれからの三年間を左右するのだから。

「でも、僕はちがう。完全に部外者だ。結果がどう転んでも損しかない。それでも根来《ねごろ》の行いは正しくない、人のアイデンティティを踏みにじる蛮行だと断じ、損得とは別の部分で立ち向かった。それが僕という人間なんだ」

　幼いころ、母と一緒に出かけた先で刃物を振り回す無差別通り魔と出くわしたことがあった。親子連れが行き交う駅前広場は騒然となり、人々が逃げ惑う中、僕は母の前に立った。母を守ろうとしたのだ。幸いその男はすぐに取り押さえられ、何人か怪我人《けがにん》が出たものの命を落とした人はいなかった。僕の姿も最後まで犯人の目に映ってはいなかっただろう。

　家に帰った後、二度とそんな危ない真似《まね》はするなと両親に叱られた。だけど、僕はその行為が正しかったと思ったし、犯人を取り押さえた警官と、それに協力した一般人こそ正義だと感じた。

「何ごとも正しいか正しくないかで考える僕を母は気味悪がった。そして、そんな母を見かねた父が僕をここに追いやったというわけだ」

　この桜ノ塚高校を受験したのは父の勧めだ。いちおう父の名誉のために言うと、彼は僕をとにかく追い出したい、この家からいなくなるならどこでもいいと考えたわけではない。いくつかの候補の中から吟味した上で今の学校を勧めてくれた。

「わたしは赤沢《あかざわ》さんがおかしいとは思いません」

野添《のぞえ》はゆっくりとだが、はっきりとそう言いきった。

「赤沢《あかざわ》さんの正義感が去年のわたしを助けてくれました。わたしが今この服を着ているのも、そうすることが正しいと言ってくれたからです」

「どうだろうな。僕だっていつまでも自分中心の子どもじゃない。周りにあわせて擬態する術も覚えるさ」

自分が周囲とちがうことを自覚して、その場面でどうあることが普通かがわかっていればそれなりにやりようはあるというものだ。

野添《のぞえ》が黙り込んでしまった。

「悪い。変な話をした」

「いえ……」

「食べよう。せっかくの料理がもったいない」

ふたりともとまっていた手を動かし、食事を再開する。そうしながらぽつぽつと話をするのだが、当然のようにあまり盛り上がらなかった。自分のことなんてやはり話すべきではなかったのだろうか？　いや、僕がどういう人間か、早めに知っておいたほうがいいはずだ。それに野添《のぞえ》には隠すべきではないと思ったのも事実だ。

「野添《のぞえ》、僕からもひとつ聞いていいか？」

僕はタイミングを見て切り出した。

「はい、何でしょう？」

「今日の野添《のぞえ》は今までとちがって見える。理由は何だろう？」

我ながら曖昧模糊《あいまいもこ》とした質問だ。

「ちがう、とは？」

野添《のぞえ》は首を傾《かし》げる。僕自身が何を問うているのかわかっていないのだから、そういう反応になって当然だ。

「そうだな。今日の野添《のぞえ》は、この前とちがって周りの目を気にしていないようだった」

近所の住人に見られたくないと、また僕のところに着替えにくるかと思ったがこなかった。待ち合わせ場所でも人目を引いていたにも拘《かかわ》らず気にした様子がなかった。図書館では少し気にしていたが、あれは服装と場所が合わない場違い感によるものだろう。

僕がそう指摘すると、野添《のぞえ》はなぜか嬉《うれ》しそうに笑った。

「気づいたんです」

「気づいた？　何に？」

「わたしが気にすればいいのは、きっと数人の目なんだって」

どこかで聞いたことのある単語。

「前に言いましたが、わたしはずっと『特別な何か』になりたいと思ってて、誰も彼もからそう見られたいと考えていたんだと思います。でも、赤沢《あかざわ》さん、言ってましたよね？　数人の友達がいればいいって」

そう。それは僕の言葉だ。

「それを聞いて、確かにそうだと思いました。実際、赤沢《あかざわ》さんは榛原《はいばら》さんや神谷《かみや》くんと一緒に楽しそうにしています。わたしも身近にいる人さえちゃんと自分のことを見てくれるなら、それでいい気がしたんです。そう思ったら人目はあまり気にならなくなりました」

野添《のぞえ》はまたも笑顔を見せる。迷いが晴れたような笑みだった。

彼女の言う通りだ。学校や街など、規模が大きくなるほどそのコミュニティに所属する構成員は、圧倒的多数が見ず知らずの他人になる。自分が道行く人に興味がないように、相手も自分になど見向きもしない。多少容姿や服装で目を引いたとしても、それは一時的なものにすぎない。そんな他人の目など気にしても仕方がないし、気にしていたらきりがない。

野添《のぞえ》はそれに気づいた。きっとそれは『特別な何か』、なりたい自分になるための一歩なのだろう。

それに比べて僕は——と、思わず内心で自嘲する。

「どうかしたんですか？」

それがかすかに顔に表れていたのか、野添《のぞえ》が聞いてきた。

「いや、何でも——」

何でもないと言おうとして、僕の口がとまる。ここまで話しておいて、今さら躊躇《ためら》う理由があるだろうか。

「たいして面白くない話の続きだ。いや、それどころか単なる悩みの吐露かもしれない」

「それでもかまいません。よかったら聞かせてください」

野添《のぞえ》はすっと背筋を伸ばした。

「ありがとう」

僕は礼を言った後、どこから語り出したものかと素早く話を組み立てた。

「あれは中三のときだ。志望校を決めかねている僕に、父が桜ノ塚の学校案内を差し出しながら言ったんだ。『ここならお前もまっとうな人間になるかもしれない』と」

「あまり親が子どもに言う言葉ではないように思います」

「それだけ手を焼いていたということさ」

手を焼き、病みそうなほどに頭を抱えていたのは主に母だったが。

「僕は追い出されるも同然に桜ノ塚への入学を勧められたけど、それでも父の期待に応えたいと思ってるんだ」

まっとうな人間になれとは確かに家から放り出す理由だろう。だけど、そこには切実な願いもあるような気がした。

「そこでさっきも言った擬態だ。自分が人とはちがうことを自覚して、何が普通かを理解すればまっとうな人間のふりはできる」

「それはそうですが……」

野添《のぞえ》が返答に窮する。当然だろう。こんなものは言わば理解の伴わない公式の暗記だ。

「でも、本当にそれでいいのかと、野添《のぞえ》を見て思いはじめた」

「わたしですか？」

急に自分の名前が出てきたからか、野添《のぞえ》は目を瞬《まばた》かせる。

「野添《のぞえ》はなりたい自分に近づいていっている。それに比べて僕は、と考えずにはいられない」

僕は、食べる手はとっくにとまっていたにも拘《かか》わらず未《いま》だに握りしめていた箸を置くと、後ろのローベッドにもたれた。あまり行儀のいい態度ではない。

「赤沢《あかざわ》さんはどうなりたいですか？」

野添《のぞえ》が問うてくる。

それは教室で見る彼女だった。制服に身を包み、深窓の令嬢然としながらも凛《りん》とした心の姿勢を崩さない野添瑞希《のぞえみずき》の姿だ。

「さっきも言った通りだな。野添《のぞえ》風に言えば、『普通』になりたいといったところか」

「もう少し具体的に言えますか？」

「そうだな——」

答えようとしたところで言葉に詰まってしまう。これまでそれを口にするどころか考えたことすらなかったからだ。父にまっとうになれと言われ、自分でもそうなろうと思った。でも、まっとうな自分とはいったいどんな自分なのだろうか？

だから僕は考える。

どんな自分になりたいのか。


「僕は、せめて母を怖がらせない自分でありたい」


やがて僕の口から出てきたのはそんな言葉だった。

そうだ。小賢《こざか》しくも子どもらしい損得ではなく、何ごとも正しいか正しくないかで考える僕を見て、母は気味悪がっていた。そして、いつしか何か得体の知れないものでも見るかのような目で僕を見るようになった。そんな母の態度に、僕は傷ついたことは一度もない。むしろ逆だ。きっと僕は母を傷つけているのだろうなと、ずっと思っていた。

だから、母を怖がらせない自分でありたい。


「よくわかりました」

野添《のぞえ》はうなずく。

「では、ここで赤沢《あかざわ》さんらしく考えませんか？」

「僕らしく？」

「はい。つまり正しいか正しくないか、です」

その行動が正しいか否《いな》かを問う。確かに僕らしい。

「赤沢《あかざわ》さんはご両親から普通になってほしいと願われ、赤沢《あかざわ》さんもその期待に応えたいと思っています。でも、『ふり』で応えたことにするのは正しいことでしょうか？」

「それは……」

「先にわたしの考えを言いますね？　わたしは赤沢《あかざわ》さんがそうしたとしても、その行いは正しいと思います。嘘《うそ》も方便と言いますよね？　『ふり』であれ何であれ、お母様を安心させてあげることは正しいです」

「いや、それはちがう」

自然と僕はそう言い返していた。

どういう理由でちがうと思うのか、まだ考えはまとまっていない。だから、言葉を紡《つむ》ぎ出しながら考える。

「『ふり』は『ふり』でしかない。嘘《うそ》も方便と言えば聞こえはいい。でも、要するに母を騙《だま》すということだ。そして何より、まっとうになれと言った父の期待に応えられていない。所詮はまっとうになった『ふり』なんだから」

気がつけば饒舌《じょうぜつ》に、滔々《とうとう》と気持ちを言葉にしていた。

僕は野添《のぞえ》の反応を待つ。

「なるほど」

と、彼女はうなずく。

「では、それが答えです。『ふり』でお母様を安心させることは正しくありません」

「うん？　さっき野添《のぞえ》は正しいと――」

「あくまでもわたしの考えです。でも、赤沢《あかざわ》さんはそうは思わなかった」

確かにそうだ。僕が選ぼうとしている選択肢の先にあるのは、自分を偽り、母を騙《だま》し、父を欺く、ひたすら嘘《うそ》で塗り固められた道だ。それが正しいはずがない。

「そうか。僕は父の期待に応えて、本当にまっとうな人間にならなくてはいけないのか」

「難しいですか？」

「そう感じる」

ただひと言、『普通』になる――それだけのことなのに、遠大な計画を立ててしまったような気分だった。

「わたしはそうは思いません」

野添《のぞえ》はきっぱりと言いきった。

「赤沢《あかざわ》さんは人より少し正義感が強いだけで、十分に普通ですから」

「それは甘く見すぎだよ」

野添《のぞえ》が言うように僕がただ正義感が強いだけの人間なら、母があのような目で僕を見たりはしなかっただろう。父も家から追い出すかのようにして僕に遠くの高校を勧めたりはしなかったはずだ。

「そうかもしれません。でも、そうなろうと大袈裟《おおげさ》に決意するようなことでないのも確かですよ？　だって、赤沢《あかざわ》さん、もう普通に高校生らしいことをしてるじゃないですか。今度、榛原《はいばら》さんや神谷《かみや》くんと一緒に遊びにいくんですよね？」

「ああ。まだ具体的なことは決まってないけどな」

少なくとも全員その気になっているのは確かだ。

「それに夜はＬＩＮＥもしてるし……その、女の子と、デ、デートだって――」

「どうだろうな。そんな日がくればいいけど」

少なくとも今の自分にはそんな未来は想像がつかない。

ふと前に顔を向けると、野添《のぞえ》が据わった目で僕を見ていた。何か言いたげで、どこか非難めいて見える。

「野添《のぞえ》？」

僕が呼びかけると、彼女は大きなため息を吐いた。

「赤沢《あかざわ》さんですからね。やっぱり遠いかもしれません」

「そうなのか？」

「兎《と》に角《かく》――」

野添《のぞえ》はそう言って、気を取り直す。

「目の前にいるのを誰だと思ってるんですか？　『特別な何か』になりたいと思っている女の子ですよ。赤沢《あかざわ》さんよりはずっと『普通』に近いです」

「『普通』が何たるかを教えてくれると？」

「はい。赤沢《あかざわ》さんはもうすでに変わろうとしています。それで大丈夫です。それでも何が『普通』かわからなくなったときはわたしが教えてあげます」

野添《のぞえ》は得意げにそんなことを言う。

「そうか。それは頼もしいな」

「ええ。いくらでも頼ってください」

そう胸を張る野添《のぞえ》を僕はあらためて見る。

「あの、何か……？」

「本当に頼りになると思ってさ」

彼女は知的で聡明《そうめい》だ。僕ですら見定められなかったのに、彼女は僕が進むべき道を示してくれた。学校の勉強ができるだけではこうはいかない。

「そんな、わたしは別に――」

「普段はポンコツだけどな」

「ぽ……‼︎」

野添《のぞえ》は絶句する。まぁ、彼女にとっては未《いま》だかつて言われたことのない言葉だろうな。

実際、野添《のぞえ》はあの通り学校では優秀な生徒で、生徒からも先生からも信頼が篤《あつ》い。なのに学校の外で会う彼女はおっちょこちょいというかドジというか、妙に抜けているところをたびたび見せるのだ。

「ポ、ポンコツ……わたし、ポンコツ……？」

「悪い。少し冗談が過ぎた」

肩を落とし、項垂《うなだ》れながらつぶやくそのあまりの落ち込みように、僕は思わず謝る。

「あ、いえ、大丈夫です。こっちも冗談みたいなものですから」

野添《のぞえ》はぱっと顔を上げると、慌てた様子で手をぱたぱたと振る。

「でも、そんなことを言われたのはちょっと新鮮です。赤沢《あかざわ》さんにとっての『普段』はこっちなんですね」

そうして嬉《うれ》しそうに笑った。

野添《のぞえ》の言う通りだ。まったく意識していなかったが、どうやら僕はこうして彼女と学校の外で会い、学校の中では決して見ることのできない恰好《かっこう》や表情をしているときを『普段』と定義しているようだ。きっとそれが僕にとっての野添瑞希《のぞえみずき》なのだろう。

そして、何より僕はそちらのほうが好ましいと思うのだ。

interlude3 世界中でたったひとり

日下《くさか》さんと榛原《はいばら》さんが険悪なムードになった次の休み時間。

「さっき聞いたんだけど、榛原《はいばら》さんと赤沢《あかざわ》、なんかデートの約束してたっぽい」

いつものようにわたしの席の周りに何人かのクラスメイトが集まっていて、その中で日下《くさか》さんがそう切り出した。

「えー、嘘《うそ》ー」

「そうなんだー」

この手の話が好きそうな女子から、驚きとともに面白がるような声が上がる。

実はわたしも密《ひそ》かに驚いていた。赤沢《あかざわ》さんの話を聞くかぎりそういう関係ではないように思う。その一方で、クラスでひどい扱いを受ける中、ずっと一緒にいたのは榛原《はいばら》さんなので、その可能性もあるように思えた。

榛原《はいばら》さんの言葉が思い出される。

『チカだって男なんだから、あたしみたいな女友達より野添《のぞえ》さんのほうがいいだろ』

あの言葉は容易に裏返る気がした。即《すなわ》ち、赤沢《あかざわ》さんにはわたしのような女の子より榛原《はいばら》さんみたいな女友達のほうがいい——。

神谷《かみや》くんを含めた三人を見ていれば気が合うことは明らかだし、彼女がその気になればいつでも一歩進んだ関係になりそうな気がする。

「あのふたり、仲よさそうだもんね」

「いえ、そういうのではないと思います」

気がついたら口をはさんでいた。本当のところがどうなのかわからないのに、周りが勝手に

そういう空気をつくってしまうのはよくない、はず——と心の中で言い訳をする。

みんながこちらを見た。わたしがあまりに断定口調で話すからかもしれない。

「だって、神谷《かみや》くんもいますから」

「あー、確かに。あの三人、去年から一緒だもんね」

神谷《かみや》くんがいるから赤沢《あかざわ》さんと榛原《はいばら》さんがそういう関係ではない、というのも変な理屈なの

だけど、みんな何となく納得したようだ。

「榛原《はいばら》さんと神谷《かみや》もよくやるわって感じ。赤沢《あかざわ》なんかほっときゃいいのに」

「ほんと、それ」

わたしからすれば、なぜ赤沢《あかざわ》さんをそこまで邪険にしないといけないのかがわからない。だ

けど、それはあの日の出来事を知っているからこそ思うことで、知らなければそうなってしま

うのだろう。『根来《ねごろ》には逆らうな。目をつけられたら終わり』という話は入学してすぐの新入

生の耳にも入ってきた。だから巻き添えを喰《く》わないためにも、実際に目をつけられてしまった赤沢《あかざわ》さんと関わらないようにするのは至極当然なのだろう。

わたしは榛原《はいばら》さんを見た。今は赤沢《あかざわ》さんのところにはおらず、何人かの女の子と楽しそうに話をしている。みんな今年からのクラスメイトだ。それに比べてわたしの周りは去年も同じクラスだった子ばかり。新しいクラスメイトの中に気になる子が何人かいて、わたしもその子たちと話してみたいと思っているのだけど、こうも去年からのメンバーで固まってしまうとなかなかそれもできない。

「ま、榛原《はいばら》さんの好きにしてくれたらいいんだけど、あんま目立たないようにおとなしくしてほしいわね」

「野添《のぞえ》さん、安心して。野添《のぞえ》さんはあたしらで守るから」

「そうそう」

何人かがわたしのほうにぐっと身を乗り出し、熱意あふれる調子で訴えてくる。

「わたしは別に守ってほしいとかではなく――」

「ほら、真木《まき》も」

その熱意も使命感も不要だと伝えたかったのだけど、最後まで言いきることができなかった。

「いきなり何？」

振り返ったのは近くでグループを作っていた男子生徒。真木《まき》という名前で、彼もまた去年からのクラスメイトだ。

　特に目立つタイプというわけではなく、去年はほとんど話をしなかった。今年になってからは個人ではなく、グループ同士の交流の中で少し話すようになった。

「赤沢《あかざわ》を野添《のぞえ》さんに近づけないようにするの」

「ああ、そういうことか。任せろ」

　真木《まき》くんは冗談っぽく拳を固めながら応じた。

　わたしは内心嘆息する。案外わたしも赤沢《あかざわ》さんとあまり変わらない扱いなのかもしれない。

　おもむろに席を立つ。

「あれ？　野添《のぞえ》さん、どこか行くの？」

「ええ、ちょっと。すぐに戻ります」

　みんなにそう断ってから、スマートフォンを持ってその場を離れた。

　廊下に出てＬＩＮＥを開く。

『今夜待ってます』

　そんなメッセージの送り先は、もちろん赤沢《あかざわ》さんだ。

　すぐに返信があった。

『わかった』

　その文面を見て、わたしは頬が緩む。

時間も場所も書いていないのにちゃんと伝わっているのがとても嬉《うれ》しかった。赤沢《あかざわ》さんとこんなやり取りができるのは世界中でわたしひとりだけだろう。

第4章　前へ、一歩

1

気がつけばゴールデンウィークも最終日。

僕は特に何かするわけでもなく、いくらか気まぐれな買いものをしただけでこの日を迎えた。

本格的にゴールデンウィークに入る前、セレナや竜之介《りゅうのすけ》と期間中どこかに行こうという話は出たのだが、残念ながら三人、いや、僕以外のふたりの予定が合わず、五月中には必ずと一旦保留になった。

そんな明日から久しぶりに学校という日の夕方、ＬＩＮＥに着信があった。


『こんばんは』


野添《のぞえ》だった。

さらにメッセージが飛んでくる。

『今夜、出てこれますか？』

他愛もない話に入るかと思いきや、そんなお誘いだった。

僕はすぐに返事を打つ。

『問題ない』

『じゃあ、待ってます』

そうして用件だけのＬＩＮＥは切れた。場所や時間が明確にされなかったあたり、用件だけどころかそれ以下だろう。尤《もつと》も、今さら確認の必要もないのだが。

夜になり、午後八時にあわせて家を出る。もちろん行き先は近所のコンビニだ。

店に入ると、まずイートインに目をやった。が、野添《のぞえ》の姿はない。そのまま売り場に足を向ける。アイスコーヒーのカップが並んでいる冷凍庫へと辿《たど》り着《つ》くまでにも店内を見てみたが、やはり彼女はまだきていないようだった。

レジで精算をすませ、コーヒーを持ってイートインに戻る。カップをテーブルに置き、さあ座ろうかとイスを引いたとき、全面ガラスの向こうに野添《のぞえ》の姿を見つけた。彼女も僕に気づいたようで、ぱっと笑顔を見せた後、小走りでこちらにやってこようとする。

その瞬間だった。僕の視界の中を一台の車が猛スピードで横切っていった。

「野添《のぞえ》！」

僕は思わず叫んでいた。

どうやら店舗前の信号をショートカットしようとした車のようだ。無法な暴走車が通り過ぎた後には、地面に尻もちをついた野添《のぞえ》の姿があった。

「野添《のぞえ》っ」

僕は店舗を飛び出し、彼女のもとへと走った。

「大丈夫か⁉」

「びっくりしました……」

彼女は驚きすぎたのか、気の抜けたような声を出した。

こういう交差点そばにある店舗の駐車場を使ったショートカットの危険性はまさにここだった。通り抜けることが目的なので、本来駐車場ではありえないようなスピードが出る。

文句のひとつも言ってやりたかったが、車はとっくに敷地《しきち》を出ていった後だ。信号一回分を省略したところでそんなに時間短縮にならないだろうに、何を急いでいるのやら。

「ケガは？」

「大丈夫です」

野添《のぞえ》は力のない乾いた笑いとともに、座り込んだまままそう答える。

「そうか。だったら早く立ったほうがいい」

僕は彼女から顔を背けながら促した。

今日の野添《のぞえ》は短めのスカートで服を合わせていた。そんな恰好《かっこう》で尻もちをついているものだから、ずいぶんと大胆な体勢になっている。

「〜〜〜っ⁉︎」

そのことに気づいた野添《のぞえ》の口から、声にならない悲鳴がもれた。

僕が顔を明後日《あさって》の方向に向けたまま手を差し出すと、彼女はそれを摑《つか》んだ。手を引っ張り、立たせる。

「すみません。みっともないところを……」

「いや、別に……」

僕は何と返事をしていいかわからず、意味不明な相づちを打った。少なくとも車に危うく轢《ひ》かれそうになって尻もちをついてしまうこと自体はみっともないことでも何でもない。

とりあえずコンビニの中に入るべく歩き出す。

「あ、あの！」

斜め後ろを歩く野添《のぞえ》が、今度はやけに勢いよく声を上げた。

「だ、大丈夫です。今日は見られてもいいような――」

「待て、やめろ。その話はもういいから。忘れろ。僕も忘れる」

野添《のぞえ》が何を言い出すか見当もつかないが、何かとんでもないことを言い出しそうな気がして、僕は彼女の言葉を遮った。

そうして一度は静かになった野添《のぞえ》だったが、店の自動ドアをくぐったあたりでくすくすと笑いはじめた。その押し殺したような笑い声が僕の耳にも届く。

「どうした？」

「いえ、さっきの赤沢《あかざわ》さんが可笑《おか》しかったもので。そんな血相を変えて飛び出してこなくても」

驚いたのは確かだが、思い出して笑えるほど取り乱していたのだろうか。

「そんなに心配でした？」

そう言って彼女が横から顔を覗《のぞ》き込むようにして聞いてくるものだから、急に居心地が悪くなってきた。

「別に。目の前でクラスメイトが轢《ひ》かれそうになったんだ。誰だって慌てるし、心配もする。それが普通だと思うが？」

僕がそう返すと、野添《のぞえ》はむっとする。

「そうですね。それが普通。普通すぎてちょっと寂しいですが」

それが普通だと彼女も認めるところにも拘《かかわ》らず、なぜか不貞腐《ふてくさ》れたように言う。普通に寂しいも何もないだろうに。

「そんなことより、何か買ってきたら？」

「そうでした。ちょっと行ってきます」

はっとした野添《のぞえ》は、踵《きびす》を返《かえ》して売り場へと歩いていく。

イートインのテーブルに目をやると、さきほど僕が置いたアイスコーヒーが片づけられることなく、まだその場所にあった。

「お待たせしました」

程なく野添《のぞえ》が戻ってきた。いつものようにコーヒー片手に僕の隣に座る。

「それで、何か用か？　LINEではできないような話でも？」

「いえ、そういうわけでは。ただ、ゴールデンウィーク中は会えなかったので、久しぶりに顔を見て話したいと思っただけです」

野添《のぞえ》は少し照れたように言う。

「一週間もたってないだろ。それに明日の朝には学校で会う」

「いいじゃないですか。教室だと本当に顔を見るだけですから。話せません。……赤沢《あかざわ》さんはゴールデンウィークはどうしてたんですか？」

「僕か？　特には何も」

「え？　ずっと家にいたんですか……？」

野添《のぞえ》は唖然《あぜん》として僕を見た。

「いちおう計画はあったんだが」

セレナと竜之介《りゅうのすけ》とどこかに出かけようとしたのだけど、残念ながら予定が合わなかった。あのふたりは僕とちがって友達も多いから、そのぶん約束も多いのだろう。

不意に野添《のぞえ》が項垂《うなだ》れる。

「ど、どこかに誘えばよかった……。でも、わたしも家の用事で半分くらいは出られなかったし……」

そして、何やら独り言をつぶやきはじめた。心なしか後悔、或《ある》いは、怨嗟《えんさ》の声にも聞こえる。

「いえ、これはわたしだけの落ち度ではないはず」

やがて何かの結論に達したらしい彼女は顔を上げ、僕を見た。

「どうして声をかけてくれなかったんですかっ」

くわっと目を見開きながら言い放つ。どうも怒っているようだ。

「あ、悪い。考えもしなかった」

「だと思いました。赤沢《あかざわ》さんですし……」

今度は一転、どこか諦めたように呆《あき》れる。

野添《のぞえ》としては、それはなにげないひと言だったのだろうが、僕には少し痛かった。確かに何かアクションを起こすべきだった。今日まで漫然と過ごしてしまった自分を反省する。

野添《のぞえ》は視線を少し上げて全面ガラスの向こうに広がる夜空を見やりながら、コーヒーのストローに口をつけた。何やら考えているようだ。

「赤沢《あかざわ》さん、来週の日曜、どこか行きませんか？」

しばらくしてそう切り出してきた。

「次じゃなくて来週？」

「ええ、今週末はもうクラスの子と約束がありますので」

単に目の前の日曜だと急すぎるからかと思えば、ゴールデンウィークもまだ明けていないのにもう週末の予定が入っているのか。元気なことだ。

「そうか。僕はかまわないけど……どこか、とは？」

「どこでもいいです。いつもの駅前のモールでもいいですし、電車に乗ってもっと賑《にぎ》やかなところに行ってもいいです。ただゴールデンウィークの分を取り返したいだけなので」

どうやら野添《のぞえ》がどこかに出かけたい理由の力点は後半部分に置かれているようだ。

「じゃあ、場所はそれまでに決めよう」

「そうですね」

ひとまず出かけることだけは決まった。

感情の振れ幅の大きい会話が一段落つき、僕らはそれぞれコーヒーで喉を潤す。

「『どこに』とは聞いても、『どうして』とは聞かないんですね」

十分に味わったところで野添《のぞえ》がそんなことを言い出した。

「聞いたほうがよかったか？」

「いえ、まだはっきりと伝える勇気がないので、聞かれると少し困ってしまいます」

と、彼女は苦笑する。つまり聞かなくて正解だったわけか。

「次で三度目になるけど、普通こんなによく遊びにいくものなのか？」

僕は考え方の基準がおかしい。正しいか正しくないかが僕のそれで、普通ではないと自覚している。おかしいのはそこだけだと思っていたのだが、こんな性格なのでこれまでの友達づき合いは薄い。それ故、遊びや学校生活の中で学ぶ『普通』を満遍なく理解していないように思えてきたのだった。

「いえ、こんなに頻繁には行かない気がしますね。少なくとも今のわたしと赤沢《あかざわ》さんのような関係では。でも、それが普通になればいいなと思ってます」

野添《のぞえ》は何かに憧れるようにそう言う。

彼女もまた僕と同じように何かの途上にいるのかもしれない。

§§§

ゴールデンウィークが明けて、一週間ほどがたった週の半ばのある日の放課後のこと。

「野添《のぞえ》さん、今から――」

「すみません。ちょっと今日は用事が」

そんなやり取りが耳に飛び込んできて、見れば野添《のぞえ》がクラスメイトの声を振り切って教室を出ていくところだった。

珍しい。野添《のぞえ》があんなに慌てて帰っていくなんて。初めて見る光景だ。尤《もっと》も、僕が熱を出して休んだ日も、彼女は真っ先に飛び出していったと聞いている。

声をかけたのは日下比奈子《くさかひなこ》だったようで、彼女は呆然《ぼうぜん》と出入り口を見つめていた。寂しげな背中だ。しかし、すぐに仕方がないと諦めて帰り支度をはじめる。その瞬間、僕の姿が視界に映ったのか、はっとこちらを見た。

日下《くさか》がつかつかと僕のほうに歩いてくる。実に不機嫌そうな顔だ。野添《のぞえ》に相手にされなかった八つ当たりをするつもりなら、いつも以上に厄介なことになりそうな気がする。

「そのピアス、似合ってるな」

「え？」

日下《くさか》が口を開くよりも先に僕が切り出す。

彼女は何を言われたのかわからない様子でしばらく目をぱちくりさせていたが、やがて不快そうに顔を歪《ゆが》ませた。

「何それ。キモッ」

「ひどいな」

先に何か褒めて、いつもの難癖をかわそうとしたのだが失敗したようだ。

「ノンホールピアスだろ？　初めて見るな。新しいやつか？」

今日の日下《くさか》は耳の軟骨部分ではさむタイプのノンホールピアスをしていて、いつも以上にピアスっぽさがある。しかも、初めて見るデザインだ。

「あ、うん。ゴールデンウィーク中に——」

「そうか。それはいい買いものをしたな」

僕は日下《くさか》の説明を最後までは聞かず、彼女の横をすり抜ける。背中越しに「ふざけんじゃないわよ、アンタ」の声を聞きながら教室を出た。


家に帰ってしばらくすると、スマートフォンが着信を告げた。野添《のぞえ》からの音声通話だった。

「もしもし？」

『いきなりすみません、野添《のぞえ》です』

ディスプレイに表示された名前を見た時点で誰かわかっているのだが、野添《のぞえ》は律義《りちぎ》に名乗る。

『あの、今からそちらに行ってもいいでしょうか？』

「うん？　別にかまわないが？」

そちらというのはこの家のことだろう。僕は殺風景な部屋を一度見回し、特に問題がないことを確認してから返事をした。

『ありがとうございます。じゃあ、いつものコンビニまできてもらえますか？』

「……わかった」

　先の返事は、間にはさんだ工程の数のわりには特に時間を要さなかったのだが、今回は少し間があいた。こちらにくると言っておきながらコンビニまで出てきてほしいというのはどういう理屈なのだろうか。

　特に時間の指定がなかったので、僕はすぐに家を出る。

　いつものコンビニに行くと、野添《のぞえ》は店舗の中ではなく外で待っていた。制服姿で、手にはふたつほどのレジ袋。スクールバッグは地面の上で、自分の足に立てかけるようにして置かれていた。

「すみません。きてもらっちゃって」

「それはいいが……どうした？」

　このあたりで説明がほしいところだ。

「いえ、赤沢《あかざわ》さんに夕食を作ってあげたいと思いまして」

　あらためて彼女の手を見れば、持っているのはコンビニのレジ袋ではなく駅前のスーパーのそれだった。食材が入っているであろうその袋ではなく、自分の鞄《かばん》を地面に下ろしているあたり野添《のぞえ》らしく感じる。

「ダメでしょうか？」

「いや、もちろん作ってくれるならこれほどありがたいことはないが」

「よかったです」

野添《のぞえ》は胸を撫《な》で下《お》ろしつつ嬉《うれ》しそうに笑う。

「じゃあ、これを持ってくれますか？　たくさん買ったわけではないのですが、自分の鞄《かばん》があることを忘れてて」

僕は差し出されたレジ袋を受け取る。やっとわかった。思いがけず荷物が多くなってしまい、どうにかこのコンビニまできたところで僕が呼び出されたというわけだ。これで僕と連絡がつかなかったらどうするつもりだったのだろう。

「野添《のぞえ》、意外と考えなしに動き出すタイプか？」

「普段はそんなことないのですが……今回は急に思い立って、居ても立っても居られなくなったんです」

野添《のぞえ》は恥ずかしそうに、言い訳じみたことを口にする。

そう言えば、終礼が終わるなり教室を飛び出していったな。これが理由だったのか。

「でも、最近ちょっと行動的かもしれません」

すると彼女は、今度は顔をぱっと明るくして、どこか誇らしげにそう言う。

「これも好きな服を着ることは正しいって言ってくれた赤沢《あかざわ》さんのおかげです。好きなことを好きにしていいって思えるんです」

その笑顔は僕の昏《くら》い部分を暴《あば》くようで眩《まぶ》しかった。

「あ、エプロンを持ってくるべきでした」

ふたりで僕の家に戻り、さっそくキッチンに向かおうとした野添《のぞえ》がそんなことを言った。

「仕方ないさ。瞬発力でやりはじめたことなんだから」

「ですね。それにブラウスなら多少跳ねても洗えばすみますし」

そう割りきった野添《のぞえ》がキッチンに立って料理をはじめる。

それにしても、と僕は思う。ゴールデンウィークが明けてから例の如《ごと》くたびたび夜のコンビニで会っていて、次の日曜にはまた一緒に出かけることになっているというのに、少しイベントの頻度が高すぎやしないだろうか。

「え……？」

しばらくして不意に野添《のぞえ》が声を上げた。

「どうした？」

「い、いえ、お皿が増えてて……」

彼女は食器棚の前に立ち、驚いたようにそれを見ている。

「ああ、それか。……買った」

「買った⁉」

「この前あまりにも不揃《ふぞろ》いで不恰好《ぶかっこう》だったからな。ゴールデンウィーク中に買っておいた」

食器で味が変わるわけではないが、料理に合った器に盛りつけるほうがいいに決まっている。

そう考え、久しぶりにこの部屋にものが増えたのだった。

「あ、あの、それってまたわたしに作ってもらいたかったということでしょうか？」

野添《のぞえ》はおそるおそるといった感じながらも、どこか期待したように聞いてくる。

「いや、そこまで深く考えたわけじゃないけど、次にまた同じことがあったらとは思ったな」

「そこは嘘《うそ》でもいいから作ってほしいと言ってください」

むー、と頬をふくらませる野添《のぞえ》。

「嘘《うそ》はよくないだろ。それに僕みたいなのが嘘《うそ》を吐いてもすぐにばれるよ。……でも、まぁ、こんなことをしてくれるのは野添《のぞえ》しかいないのも確かだろうな」

だから、『次』もそこにいるのは野添《のぞえ》以外にないと思っていた。

その野添《のぞえ》は嬉《うれ》しそうに笑みを見せる。

「じゃあ、次こそはエプロンを用意してきますね」

「やけに拘《こだわ》るな」

やはり準備万端で臨みたいのだろうか。

「自分の家のキッチンで同じクラスの女の子が制服にエプロン姿で料理していたら、赤沢《あかざわ》さんがどう思うのか興味があります」

「変なことに興味をもつなよ」

まったく思っていたのとちがっていて、僕は呆《あき》れる。

野添《のぞえ》はくすくすと笑っていた。


程なくして夕食が出来上がった。

「今日は挽肉《ひきにく》を使ったオムレツに、ベーコンとレタスのサラダです」

野添《のぞえ》は得意げにそう言い、ローテーブルに料理を並べていく。適切な器に盛りつけられたそれらは、不揃《ふぞろ》いだった前回とちがって断然見栄《みば》えがいい。

そして、さっそく食べはじめ――やはり今回も文句のつけようのない味だった。

ふと、僕はキッチンに目をやる。

「どうかしました？」

「いや、調味料の類が増えたなと思って」

そうなのだ。二回ほど野添《のぞえ》がキッチンに立ったことで調味料が増えてしまったのだ。もちろん野添《のぞえ》が用意したもので、普段大雑把な料理しかしていない僕にはどう使っていいかわからないものばかりだった。

「僕には手にあまるな」

「つまり？」

期待交じりに先を促す野添《のぞえ》。

「野添《のぞえ》さえよければ、また何か作りにきてくれないか？」

僕がそう言うと、彼女は待ってましたとばかりに満面の笑みを浮かべた。

2

野添《のぞえ》との約束がある週末が目の前に迫った金曜の昼休み。

各々《おのおの》昼食を食べた後、竜之介《りゅうのすけ》とセレナが僕の席に集まってきていた。

「ねえ、チカ。明後日《あさって》はどう？　三人で遊びにいくの」

そう言ったのは主不在をいいことに僕のひとつ前の席に腰を下ろす竜之介《りゅうのすけ》だ。横には長身のセレナが立っている。

「明後日《あさって》というと、日曜だな」

「そう」

竜之介《りゅうのすけ》はうなずく。僕が断るとは微塵《みじん》も考えていない目だ。

「悪い。先約がある」

「「先約⁉」」

しかし、残念ながら僕は竜之介《りゅうのすけ》の期待に応えることができず、予想外の返答にふたりは声をそろえて驚いた。

「チカに先約？　誰だ？　あたしら以外に友達がいるとは思えないんだが？」

セレナが首を傾《かし》げる。

さりげなく、いや、あからさまに失礼なことを言っているが、概《おおむ》ね事実である。ふたりは僕がよその土地からきたことを知っているし、入学直後に根来《ねごろ》の件で半孤立状態になったので、セレナの言っていることに間違いはない。

「あー……」

一方、竜之介《りゅうのすけ》はセレナとは対照的で、一度は驚いたものの不意に何かを察したように声を出した。もちろん、僕が約束している相手は野添《のぞえ》で、彼は先日、僕が野添《のぞえ》と一緒にいる場面に出くわしている。答えに辿《たど》り着《つ》くヒントは十分に与えられていた。

「なに？　神谷《かみや》、知ってるのか？」

「まーねー」

竜之介《りゅうのすけ》はにやにやと笑いながら答える。

「おしえろよ」

「どうしよっかなー？　Lサイズコーヒー三回、ホットサンド付きで奢《おご》ってくれたらおしえてもいいかな」

「たっか。ふざけんな」

思いっきり吹っ掛けてきた竜之介《りゅうのすけ》に、セレナが忌々《いまいま》しげな声を上げる。というか、人の情報を売ろうとするな。しかも、そこまでの価値はない。

「ん？　待てよ……？」

と、セレナがふと何かに気づく。

どうやら彼女も答えがわかったようだ。当然だ。竜之介《りゅうのすけ》と同等かそれ以上の手がかりをもっているのだから。

「あ、もしかして――」

セレナが何かを口にしかけたときだった。

「マジうるさいんですけどー？」

割って入る声。それは日下比奈子《くさかひなこ》のものだった。もうすでにこの時点で不機嫌顔全開だ。

「赤沢《あかざわ》、あんたはおとなしくしててって言ったわよね？」

「そうだったかな？」

僕はそう答えながら、日下《くさか》が僕を名指ししてきたことに違和感を覚えた。そもそも僕がターゲットであることを考えればピンポイントでの指弾もおかしくはないのだが、前回は三人まとめて文句を言いにきている。それに今回騒いでいたのはセレナと竜之介《りゅうのすけ》で、僕はほとんど声を出していない。にも拘《かかわ》らず僕を狙い撃ちしているのはなぜなのか。

「あんたが目立つと根来《ねごろ》の機嫌が悪くなってこっちが迷惑するのよ」

　これは事実だった。去年根来《ねごろ》が僕にやり込められてからというもの、事あるごとに僕には理不尽な怒り方をしていたし、特に何も言うことがなかったときでも僕を見るだけで不機嫌そうだった。根来《ねごろ》がいる教室は空気がピリピリしていたのは確かだ。

　ただし、それも昨年度までの話。

「なるほど。その通りだ。……それでその根来《ねごろ》はどこに？」

「そ、それは……」

　日下《くさか》は口ごもる。

　根来《ねごろ》はもうおらず、僕を邪険に扱う理由もない。それは日下《くさか》もわかっているはずだ。

「いつでも目を光らせてるに決まってるでしょ。誰だと思ってんの？　根来《ねごろ》よ、根来《ねごろ》」

　なかなか苦しい。根来《ねごろ》の陰湿さを考えればあり得ない話でもないのだが、さすがに担任でもない、授業を受け持ってもいないクラスを見張るほど暇ではないだろう。

「それは怖いな。仕方ない。静かにしてようか」

「くっ……」

　日下《くさか》は忌々《いまいま》しげに僕をひと睨《にら》みすると、踵《きびす》を返《かえ》して去っていった。せっかく彼女の言う通りにしようと言っているのに何が不満なのか——というのは当然皮肉だ。僕がまともに話を聞く気がないことは伝わっただろう。

「ひと悶着《もんちゃく》起こすんじゃなかったっけ？」

「別に日和ったわけじゃないよ。今はそのタイミングじゃないと思っただけ」

僕はセレナにそう言い返しておいた。

§§§

日曜日――野添《のぞえ》との約束の日。

結局、今日もいつものショッピングモールにきていた。ここにはたいていのものがある。アグレッシブに動き回らない僕には、もっと大きな繁華街に行くまでもなくここで十分だった。僕とちがってクラスの女子とそちらを遊び場にしているらしい野添《のぞえ》は不満かと思ったが、特に異論はないようだった。たぶん着ている服が関係しているのだろう。今日も例の如《ごと》くギャル系で固めている。この姿だと最初はここのショッピングモールですら人目を気にしていた。ここ以上に人が多い場所に対して及び腰になってもおかしくはない。

気が向かないのならむりして大きな繁華街に行く理由はなく、僕らはいつものようにショッピングモールのファッションフロアをひと通り回ってから書店にきていた。

「赤沢《あかざわ》さん、これなんてどうでしょう？」

雑誌コーナーでファッション誌を見せながら野添《のぞえ》が聞いてくる。その耳には先日僕が買ったイヤリングが光っていて、彼女自身が選んだものだけあってよく似合っていた。

「僕に聞かれてもな」

雑誌を受け取り、彼女が指し示したモデルの写真を見てみるが、正直何と言えばいいかわからなかった。竜之介《りゅうのすけ》ならいくらでも言葉が出てくるのだろうが。

「できれば赤沢《あかざわ》さんの意見が聞きたいです。夏には、その……行くわけですから、そちらも赤沢《あかざわ》さんの好みを参考にしないと。だ、だからと言ってあまり過激なのを期待されると困ってしまうのですが……」

「夏どこかに行くのか？」

野添《のぞえ》の発音がやけに不明瞭で、僕は聞き返す。こんなふうにまたどこかに出かけるのも吝《やぶさ》かではないのだが、夏の予定とはまたずいぶんと先の話だ。

「い、いえ、また今度話します」

結局、彼女はばつが悪そうにそう言って、気の早い予定のことは保留になった。

僕は少しくらい何か言えることはないだろうかと思い、野添《のぞえ》の手から雑誌を受け取ると、もう一度よく見てみる。

「あ、あの、楽しくないですか？」

不意に野添《のぞえ》が聞いてきた。

「どうして？」

「もしかして気の乗らない赤沢《あかざわ》さんを、わたしが振り回してるのではないかと……」

自信なさげな彼女の表情。先ほどの問いに僕が何も感想を言えなかったから——だけではないのだろうな。

「楽しくなかったら、二度三度と一緒に出かけたりはしてないよ」

「本当ですか……？」

相変わらず不安そうに問い返してくる。

「僕は言葉を尽くして気持ちを伝えるのが得意じゃない。だから何を言っても説得力がなくて薄っぺらく聞こえるかもしれないけど、誓って嘘《うそ》は言ってない。野添《のぞえ》とこうして出かけるのは楽しいし、この前の料理も美味《おい》しかった。いつも服はよく似合っているし、野添《のぞえ》はかわいいと思ってる」

「か、かわ……っ」

野添《のぞえ》は何やら奇声を上げると両手を頰にあて、くるりと回って僕に背を向けた。

「野添《のぞえ》？　どうした？」

「ちょ、ちょっと待ってくださいね。まさか赤沢《あかざわ》さんの口から、かっ、かわ……そんな言葉が出るとは思わなくて……」

僕自身の表現力不足の話をしているのだから、僕の口から出なくてどこから出るというのだろうか。

「あれ？　もしかしてそこにいるの……チカか？」

いきなり後ろから声をかけられた。

振り返ると、そこにはセレナがいた。細身のジーンズにTシャツ、頭にはキャップというラフな恰好《かっこう》がよく似合っていた。

「あ、ほんとだ」

「赤沢《あかざわ》君だ」

さらには見知った顔の女子がふたり。どちらもクラスメイトだ。

「ああ、セレナか。今日はここなのか？」

「そ。今日はゆるーくふらふらしようと思ってさ」

僕の勝手な場合分けになるが、精力的に遊び回る連中は、学校の帰りはこの駅の周り、休日などはもっと大きな繁華街に行っているようだ。セレナも比較的このタイプで、僕はここでも十分に賑《にぎ》やかと思っているが、彼女にとっては緩く楽しむ場所らしい。

だからこそここで知った顔に会うのは想定外で、少しばかり焦《あせ》っていた。

「ね、赤沢《あかざわ》君はよくここにくるの？」

「家が近いからね」

「へー、そうなんだ」

これはクラスメイトの女子ふたりのほう。さすがセレナの友達と思った。

野添《のぞえ》とセレナ、それぞれの周りにいる人間はわりと対照的だ。野添《のぞえ》を取り巻く女子たちは、野添瑞希《のぞえみずき》というカリスマを自分たちだけで独占したいと思っている節がある。だから去年からのクラスメイトが多く、日下比奈子《くさかひなこ》を筆頭に排他的で、且《か》つ、僕には攻撃的だ。

対するセレナの周囲は、セレナ自身があの通り男っぽい性格で、できるだけ交友関係を広げたいと思っていることもあり、そのほとんどが今年から同じクラスになった生徒だ。それ故、去年から引き継がれている悪習についてはあまり興味がないように見える。おそらく教室では空気を読んでいるのだろう。

「ところでさ――」

「隣にいる子って、赤沢《あかざわ》君の友達？」

きたか。そりゃあ僕なんかの隣にギャルっぽい女の子がいれば気になるだろう。ふたりは我慢しきれなかった感じで聞いてきた。

「ああ、そう。学校はちがうけどね」

ちらと横を見れば、野添《のぞえ》が澄ました顔で立っていた。変に隠れたり気を利《き》かせた風を装《よそお》ってこの場から離れるよりも、こうして堂々としていたほうがいいのかもしれない。実際、そこにいるギャルが野添《のぞえ》だとは気づかれていないようだ。

「へー、意外」

「あ、でも、わたしは何となくありそうって思った。赤沢《あかざわ》君、ちょっと色っぽいし」

「確かに。それはある」

さてさて、目の前で本人すら聞いたことのない人物評を展開されて、僕はどうしたらいいのだろうか。いや、それより先に考えるべきは、いかにして彼女たちと別れるかだ。

と、そのときだった。

「ざんねーん。カノジョでーっす」

いきなり腕をぐっと引かれた。野添《のぞえ》が自分の腕を絡《から》ませ、引っ張ってきたのだ。しかも、ずいぶんと乱暴な動作だった。おかげで僕の体がよろめく。

「あっ！」

そして、ぽかんとする女子ふたりの横で、驚嘆の声を上げたのがセレナだった。先ほどからずっと怪訝《けげん》な顔をしていたのだが、ここにきてようやく状況が呑み込めたのだろう。

「えっ、嘘《うそ》!?　まさか、のぞ――」

「セレナ」

何か言いかけたセレナを僕は声で制する。すると彼女は吐き出しかけた言葉を押しとどめるかのように、慌てて両の掌《てのひら》で口を覆った。そのままわかったとばかりに数回うなずく。セレナらしからぬコミカルな動きだが、それだけ驚いたということなのだろう。

「悪いけど、わたしたち今デート中なんでー」

「あ、そ、そうだね。じゃあ、あたしらも行こっか」

未《ま》だ興奮冷めやらぬ感じでセレナがそう促し、三人は離れていく。僕と野添《のぞえ》はその背中を見送った。

「野添《のぞえ》」

と、僕は呼びかける。

「腕」

「え？　あ、す、すみませんっ」

ようやくずっと腕を絡《から》ませていたことを思い出し、野添《のぞえ》は飛びのくように離れた。

「あ、あの、榛原《はいばら》さんたちとは早く別れたほうがいいと思っただけで、別にヤキモチとかではなく……」

「大丈夫。わかってる」

実際、僕もどう対処すべきか考えあぐねていたので助かった。セレナには気づかれてしまったが、そもそも彼女はとうの昔に予想がついていた。知られてしまったのは野添《のぞえ》の服の趣味のことだが、それもとやかく言うような性格ではないので問題はないだろう。

「とりあえず僕たちも出よう」

「そうですね」

この書店は通路も広くて人も多く、賑《にぎ》やかだ。とは言え、少し騒ぎすぎた感は否《いな》めない。

飲食店が並ぶフロアを歩く。

どこかで少し休憩しようということになり、適当な店をさがして回っている最中だった。

「うまくやり過ごせましたね。ちょっと面白かったです」

どこか興奮気味の野添《のぞえ》。先ほどのことだろう。

「さすがにあれが理想ではないですが、何だか変われる自信が出てきました」

彼女は『特別な何か』になりたいと目標を掲げた。そのために努力を重ねてきたから目標の達成を疑ったことはないと思うが、きっとさっきのことで自分が変われるという確信や実感を得たのだろう。

僕も野添《のぞえ》に続かねばと思う。僕にも普通の人間になるという目標がある。そこに向かって邁進《まいしん》しなくては——と、考えたところで、不意に気持ちがぞわりとした。その感覚を振り払うように頭《かぶり》を振る。

ふと隣の野添《のぞえ》を見ると、先ほどとは一転して沈んだ様子で歩いていた。

「どうした？」

「みんなああなんです。誰も気づきません」

と、彼女。

確かに以前言っていた。まだばれたことがないと。それはおそらく先入観やイメージによるものにちがいない。

彼女の家は比較的学校から近く、見知った顔に出くわすこともあるのだろう。だけど、野添《のぞえ》瑞希《みずき》という生徒は深窓の令嬢然としている。学校での彼女を見ていれば、普段はどんな服を着ているのか、休みの日はどう過ごしているのか——勝手なイメージはいくらでも湧いてくるというもの。だから大方の想像とは正反対であるギャル風の恰好《かっこう》をして、髪をアップにし、話し方まで変えてしまうとそれが野添《のぞえ》だと気づけないのだ。

「だから、あの日赤沢《あかざわ》さんに気づかれたのには本当に驚きました。赤沢《あかざわ》さんは特別です」

「前にも言ったろ。単に目聡《めざと》いだけさ」

自分ではそんなつもりはないが、どうも僕は人より細かいところに目がいくらしい。

不意に野添《のぞえ》は零《こぼ》す。

「みんな、わたしの何を見てるんでしょうね」

どこか寂しそうなつぶやきだった。

「僕が見てる」

「え？」

野添《のぞえ》が立ち止まった。数歩遅れて僕も足を止め、振り返る。彼女は驚いたように目を瞬《まばた》かせていた。

「目聡《めざと》いからな。ちゃんと見てる」

「ありがとう、ございます」

野添《のぞえ》は微笑《ほほえ》みながら、それでいて泣きそうな顔でそう言うと、そのまま顔を伏せてしまった。

「嬉《うれ》しいです……」

続くその声はかすかに震えているようにも聞こえた。

その後、紅茶の専門店でゆっくりしてから、今日は解散となったのだった。

3

翌日の月曜の休み時間だった。

「いやー、あれにはびっくりした」

そう言って愉快そうに笑ったのはセレナだ。

「あ、榛原《はいばら》も見たんだ」

「見た。最初は目を疑ったけど、よく見たらすっごい似合っててさ。二度びっくりしたわ」

「ねー」

竜之介《りゅうのすけ》も同調する。

いったいさっきから誰の話をしているのかというと、もちろん野添《のぞえ》のことだ。予《あらかじ》め決めておいたわけでもなく名前を出すのは避けている。

「そうか。ふたりは似合わないとは思わなかったんだな」

「あれ見たらそんなこと言えないって」

と、セレナ。

「イメージとちがうとかは？」

「そりゃあこんなのが似合いそうってのはあるよ。でも、服なんて何を着ようが本人の自由だからね」

今度は竜之介《りゅうのすけ》。

僕は小さく笑う。やはりこのふたりは野添《のぞえ》に対して過剰な理想はもっていないようだ。というよりも、これが平均的な反応ではないだろうか。確かに皆それぞれ、野添瑞希《のぞえみずき》という少女はこうあってほしいという希望をもっているかもしれない。だけど、その希望と現実の野添《のぞえ》に乖離《かいり》があったとしても普通は受け入れる。どこまでいっても本人の勝手、自由なのだから。

「それにしても思いきったチョイスだよな。チカ、何か聞いているのか？」

「単なる趣味だろ」

セレナの問いに、僕は言葉少なく答える。

「そうか。趣味か」

「いい趣味なんじゃない。オレは断然支持するけどね」

ふたりはおおらかに納得した。

「そのへんは本人にも聞かないでやってくれ。趣味なんて明確な理由もないまま夢中になってることだってあるんだ。聞かれても困るだろ」

もちろん野添《のぞえ》の場合は理由がある。ただ、それに答えようとすると、彼女が抱えている悩みにまでふれざるを得なくなる。

「そりゃいいけどさ」

「だったら、オレたちとしては聞けるやつに聞くことになるわけで」

「うん？」

何やら不穏な空気を感じる。セレナと竜之介《りゅうのすけ》が僕を見ていた。

「ふたり、どうなってるわけ？」

「どうとは？」

竜之介《りゅうのすけ》の質問の曖昧さに、僕は問い返す。

「だからさ、神谷《かみや》が見たのとあたしが見た昨日のとで、もう二回はああやってふたりで遊びにいってるわけだろ？　ただごとじゃないよな」

「いや、正しくは三回だな。最初は彼女があの服で出かけたいというから僕がつき合った。それから今度は僕の休日に彼女がつき合うと言い出して二回目。これは竜之介《りゅうのすけ》が見たときだな。そして、セレナが見た昨日の三回目」

僕が正確なところを答えると、セレナと竜之介《りゅうのすけ》は黙り込んだ。それからふたりはおもむろに顔を寄せ合い、小声で話しはじめる。

「えっと、つまりそういうこと……？」

「いや、チカにそんな自覚があるとは思えない。たぶん野添《のぞえ》さんが一方的にあれなだけだ。その土台はある」

「あー、去年の」

納得しながら竜之介《りゅうのすけ》はちらと僕を見た。

「どうした？」

内緒話なら僕のいないところでやってほしいものだ。

やがてふたりは互いにうなずき合った後、僕のほうに向き直った。セレナが口を開く。

「とりあえずあたしらは当面何も言わないから。見てらんなくなったら口を出す方向で」

「あ、うん。まぁ、好きにしたらいいんじゃないか」

こちらに聞かせないようにした話し合いの結論を僕に言われてもな。僕は意味がわからないまま返事をした。

§§§§

その日の夜のコンビニ。

イートインコーナーに座る僕たちの前には、いつものようにアイスコーヒーのカップが置かれている。

「榛原《はいばら》さん、何か言ってました？」

野添《のぞえ》は僕に聞いてくる。

本人に直接聞けばいいのにと思ったが、今日はセレナとは接触がなかったのだろう。野添《のぞえ》の周りはいつも似たような顔ぶれが固まっている。反対にセレナは何人かの女子で集まっていることもあれば、僕のところにきたりもする。グループという意識はかなりふわっとしているようだ。ふたりが教室で話すことは意外と少ないのかもしれない。

「似合ってるって言ってた」

「そうですか」

野添《のぞえ》はほっと胸を撫《な》で下《お》ろす。

「そんなものだろ。竜之介《りゅうのすけ》も言ってたけど、何を着ようが自由だ。周りにとやかく言われる筋合いはないと思うが？」

「そうだとは思うんですけどね」

野添《のぞえ》は苦笑いする。

僕から見て、おそらく彼女が気にしている点はふたつ。ひとつは自分にギャル系ファッションが似合うかどうか。これはセレナや竜之介《りゅうのすけ》が絶賛していることからもわかる通り、何も問題はない。後は野添《のぞえ》が思い描く理想像との折り合いの問題だ。

もうひとつは、彼女に対する周囲の期待。野添《のぞえ》のような人間はどうしても勝手なイメージを押しつけられがちだ。最大公約数的には、清楚可憐《せいそかれん》な優等生といったところだろう。野添《のぞえ》は親や友達が抱くそのイメージを裏切りたくないと思っている。だけどギャル系のファッションというのは、その期待を実にわかりやすく視覚的に打ち砕くのだ。この点もやはり野添《のぞえ》自身がどこかで開き直るしかない。

「そこはじょじょに、ですね。少なくとも榛原《はいばら》さんや神谷《かみや》くんは認めてくれていますし」

野添《のぞえ》は微笑《ほほえ》む。それは先ほどの曖昧な苦笑ではなく、もっと前向きなものに見えた。

そう、彼女は前向きだ。初めてふたりで出かけたとき、自分にはギャル系ファッションは向いていないのかもしれないと悩んでいたが、結局は彼女にとって正しい答えを出した。きっとこれからも野添《のぞえ》は常に前を向いて、彼女が目指す『特別な何か』になるのだろう。

「赤沢《あかざわ》さんのほうはどうなんですか？　榛原《はいばら》さんや神谷《かみや》くんと遊びにいく約束」

「ああ、あれか。中間テスト明けになりそうだな。ふたりは僕とちがって忙しいから」

僕は友達と言えるのがセレナと竜之介《りゅうのすけ》くらいしかいないが、あのふたりは広い交友関係がある。むしろ気が向いたときにふらっと僕のところにきているだけ、というのが正確な表現かもしれない。

「提案ですが、榛原《はいばら》さんや神谷《かみや》くんと遊びにいくとき、せっかくですからもっとたくさん人を呼んだらどうでしょうか？」

「いきなりだな」

「昨日榛原《はいばら》さんたちと会ったときに思ったんです。去年はほとんどクラス中で赤沢《あかざわ》さんを仲間外れにしていましたが、今はもうそういう人は少ないんじゃないかと」

たぶん昨日僕と普通に話をしていたクラスメイトのふたりの態度を見て思ったことなのだろう。そして、それは正しい分析だ。クラス替えにより去年と同じクラスだった生徒も今や四分の一ほど。根来《ねごろ》がいなくなったことで例の悪習を続ける意味はなく、今は単に惰性でそういう空気になっているだけだ。

「こういう言い方はあれですが、わたしが声をかければみんな集まってくれます」

野添《のぞえ》にしては珍しく自分の影響力を自覚した発言だった。それだけ力になってくれようとしているのだろう。

「うまくいけば一気に状況を改善させることができるかと」

「確かにな」

少々荒療治だけど、大きなイベントで親交を深めようみたいな発想だと思えばありがちな手段ではある。

「でも、遠慮しておくよ」

僕は一度コーヒーのストローに口をつけてから答えた。

「どうしてですか?」

「前にも言っただろ?　僕は数人の友人がいれば十分だって」

そんな性格の人間がむりに大人数で遊びにいったところで、何もできずに浮くに決まっている。一般人が礼儀作法も知らず社交パーティに出るようなものだ。

しかし、野添《のぞえ》はなおも喰《く》い下がる。

「赤沢《あかざわ》さんは『普通』になりたいんじゃないんですか?　今のクラスの状態はおかしいです。いいかげん正すべきだと思います」

「住めば都さ。確かにおかしいけど、意外と僕には性に合っててね」

「そんな言葉で片づけないでください」

彼女の口調が強くなる。何か焦《あせ》っているようにも見えた。

「なあ、野添《のぞえ》。そのおかしな状態を正す努力を僕に求めるのは少しちがうと思わないか?　正しくない行いをしてるのは僕以外の人間だ」

「それはそうですが……」

「それに野添《のぞえ》は、自分のことはじょじょにと言っていたのに、僕には一足飛びにやれというのか?　僕と野添《のぞえ》はちがうよ」

そうだ。僕は野添《のぞえ》とはちがう。

野添《のぞえ》にはそれができる。だけど、僕は彼女と同じようにはできないし、求められても困る。

鉄なら熱して叩《たた》けばかたちが変わるが、人間はそうはいかない。僕には僕のペースがある。

野添《のぞえ》が黙り込み、そこで僕は気づいた。

「もしかしてまだ責任を感じてるのか？」

野添《のぞえ》は自分を『僕以外の人間』の側に置いているのだろう。いじめを傍観するものはそれに加担したも同然、というやつだ。

「いえ、そういうわけでは……」

「これも前に言ったけど、そこは気にしなくていい。生徒指導室でのことは何もしゃべるなと言ったのは僕だ。そこまで重荷になっていたのなら謝る。すまない」

野添《のぞえ》は首を横に振った。

「赤沢《あかざわ》さんが謝ることではありません。わたしはただ……」

しかし、続く言葉はない。

珍しく重くなってしまった空気のままコーヒーを飲み干し、今日のところは別れた。結局、野添《のぞえ》が何を言いたかったのか最後までわからなかった。

4

その翌日の火曜日。

後になって振り返ってみれば、この日はとても長い一日だった。

そんな日の朝、登校してみると教室が少々騒がしく感じた。何かあったのだろうかと中を見回してみれば、野添《のぞえ》のところにクラスメイトが集まっているようだった。それだけなら見慣れた光景だが、その人垣がいつもより厚い。

さりげなく近くを通ってみる。

「そのイヤリング、かわいー！」

聞こえてきた声に、僕はぎょっとした。見れば彼女の耳に見覚えのあるイヤリングが光っていた。もちろん僕が買ったものだ。

確かに以前、これをつけていったらみんな驚くだろうと楽しそうに言っていたが、まさか本当にやるとは思わなかった。みんなどころか僕まで驚いた。いったい何を考えているのか。

僕は席に座ると耳を澄まし、野添《のぞえ》の周りの声を拾う。

「どこで買ったの？」

「駅前のモールで見つけました」

となると僕が買ったやつだろうか。

「似合うー」

「本当ですか。ありがとうございます。嬉《うれ》しいです」

「こういうのつけるイメージなかったけど、これは断然アリ！」

同意する声がいくつも上がり、盛り上がる。概《おおむ》ね受け入れられているようだ。人の趣味には口を出さないという消極的なものではなく、そのイヤリングが彼女によく似合っているからだろう。

「でも、急にどうしたの？」

「それは――」

女子にひとりの問いに、野添《のぞえ》はわずかに言《い》い淀《よど》む。それは言いにくくて言葉に詰まったというよりは、言い方を考えているように聞こえた。

僕も彼女のこの行動の意味が知りたくて、思わず野添《のぞえ》のほうを向いていた。するといったいどういう偶然か、いつもより厚い人垣にも拘《かかわ》らずその隙間から野添《のぞえ》の姿が見えた。彼女も僕を見ていて、目が合う。

「ちょっと変わったことがしてみたかったんです」

僕が聞いていることをわかった上で、野添《のぞえ》はそう言った。

冗談めかせた彼女の言葉に、集まっていたクラスメイトたちが沸く。その一方で、僕は衝撃を受けていた。僕には『変わりたかった』に聞こえたからだ。

ここにきてようやく野添《のぞえ》の意図を察した。

彼女は示そうとしたのだ。自分が『特別な何か』になるために変わろうとしていることを。また新たな一歩を踏み出したぞと、僕に見せたかったのだ。何のために？　決まっている。お前はどうなのかと問うためだ。

実を言うと、僕は少し投げ出しそうになっていた。野添《のぞえ》のおかげで自身がどうありたいかを言葉にできたものの、自分はそういう性格だからとどこかで諦めそうになっていたのだ。そして、そう考えてしまった理由のひとつが誰あろう野添《のぞえ》だった。

この四月に夜のコンビニで会って以降、彼女は少しずつだが着実に変わってきた。心折れそうになりながらも自分の好きな服を着続け、自信をつけて人目にも慣れ、自分の身の回りにいる人にとっての『特別な何か』でさえあればいいと確かなゴールを見つけた。そんな野添《のぞえ》を見ているとどうしても思ってしまうのだ。自分は野添《のぞえ》とはちがう。彼女のようにはなれない、と。

その気持ちが昨夜の消極的な態度となって現れたのだろう。

僕はこのままでいいのだろうか？　変わることを諦めてしまったら、僕はこれからもずっと母を怖がらせる自分のままだ。それは力になってくれようとしている野添《のぞえ》にも失礼ではないだろうか。

僕は再び野添《のぞえ》に目をやった。しかし、さらに厚くなった人の壁に遮られ、彼女の姿は見えなかった。

代わりに別のものが目に入った。——日下比奈子《くさかひなこ》だ。

いつも野添《のぞえ》にべったりなある種の熱狂的な信者である日下《くさか》にしては珍しく喧騒《けんそう》の外にいて、実につまらなそうな顔で遠巻きに見ていた。輪に入りそびれたのだろうか？

彼女は視線を感じたのか、僕に気づくと殺意すらこもっていそうな目で睨《にら》みつけてきた。

そう言えば、このところやけに攻撃的な態度の日下《くさか》のことも気になる。うまく立ち回って、諸々《もろもろ》解決したいところだ。

§§§

その日の昼休み。

いつものようにひとりで簡単な昼食を食べた後、僕はタイミングを見計らって席を立った。

「あ、チカ、あの話だけどさ――」

「悪い。野添《のぞえ》に用がある」

そこにちょうどやってきた竜之介《りゅうのすけ》と鉢合わせる。

「え？　野添《のぞえ》さんのところって、大丈夫なの？」

「大丈夫じゃなかったときはひと悶着《もんちゃく》起こすさ」

僕は竜之介《りゅうのすけ》の肩を叩《たた》いて彼の横をすり抜けた。

「野添《のぞえ》、ちょっと話が」

僕はやはり昼食を終えていた野添《のぞえ》に声をかける。当然、いつものように彼女の周りには何人かの女子がいて、堂々と話しかけてきた僕に驚いていた。

「ああ、赤沢《あかざわ》さん、何ですか？」

野添《のぞえ》も教室で僕から接触してくるとは思わなかったのか、わずかに目を見開いたものの声には表れなかった。ほかの生徒と話すときと同じように穏やかな口調だ。

「できれば場所を変えたい」

「そうですか？　じゃあ――」

と、野添《のぞえ》が席から立ちかけたときだった。

「あー、野添《のぞえ》さん、行かなくていいって」

口をはさんできたのは男子生徒だった。名前を真木《まき》と言い、去年からのクラスメイトだ。確か野添《のぞえ》の席から近いところで何人かの友人と固まっていたはず。僕が野添《のぞえ》に声をかけたのを見て寄ってきたのだろう。

「こんなやつに関わるとロクなことにならないからさ」

真木《まき》がそう言うと、周りから「そうそう」とせせら笑うような同調の声が上がった。ぱっと見、野添《のぞえ》の周りに集まっていた女子と真木《まき》がいたグループの男子で、去年から同じクラスだったメンツがだいたいそろっている感じだ。……ここが潮時か。

「ほら、行った行った」

真木《まき》は手首を振り、僕を追い払おうとする。

「もう一年だな」

僕は聞えよがしに大きなため息を吐いてから、そう切り出した。

「なあ、真木《まき》。僕だって人間なんだ。一年もこういう扱いをされて傷ついてないと思うか？」

真木《まき》に問うかたちになってはいるが、僕は彼を通してこの場にいる全員に語りかけているつもりだった。その結果、皆、黙り込む。

真木《まき》という生徒は平気で人に危害を加えられる人間でもなければ、調子に乗って悪さをするタイプでもない。それでも赤沢公親《あかざわきみちか》には何をしてもいいという教室内の空気にあてられ、こうして見下すような態度をとってくる。そして、それは彼にかぎったことではなかった。僕に対してだけ態度が変わる生徒が少なからずいるのだ。

だが、それを許す空気を醸成してしまった責任の一端は僕にもあるのかもしれない。『赤沢《あかざわ》に関わると根来《ねごろ》に目をつけられる』――それがどこまで本当かはさておき、少なくともクラスメイトたちにとっては真実だった。だから自分の学校生活を脅《おびや》かされないためにも、僕とは極力関わらないようにすることは正しいことだったのだ。僕もその気持ちは理解できたからおとなしくしていた。だけど、それが悪かったのだろう。身を守るための手段だった『関わらない』は、いつしか『邪険に扱ってもよい』にすり替わっていった。

「いつまでもサンドバッグに甘んじてると思うなよ」

悪いが彼にはこのままクラスメイトの代表となってもらう。

「な、何をする気だよ……」

「さあ？　それより根来《ねごろ》がどうして僕を目の敵にするようになったかおしえてやろうか？　僕があいつに楯突《たてつ》いたからだよ。嚙《か》みついて、喰《く》い下がって、最後はあいつが引くしかなかった。だから腹いせにずっと嫌がらせをしてたんだ」

真木《まき》が顔を引《ひ》き攣《つ》らせる。それは周りで聞いていた去年からのクラスメイトたちも同じだった。彼らは、僕が根来《ねごろ》に目をつけられるようになったのは、漠然とどうせ何か怒らせるようなことをしたのだろうくらいにしか思っていない。その理由を深く考えてこなかったのだ。

「そんな僕が同級生相手におとなしくしてると思うか？　もしかして僕が温厚な人間だと根拠もなく思い込んでるんじゃないだろうな」

僕は一度クラスメイトたちを見回した。

その中で確かに野添《のぞえ》と目が合う。化けものでも見るかのような目を向けるほかの連中とちがい、彼女だけは真剣な目で僕を見ていた。僕は小さくうなずく。

いつしかいま教室に残っている全員が僕に注目していた。彼らに向かって僕は問う。

「もう一度よく考えろよ。これまでと同じことをこれからも続けていくのが本当に正しいのかどうかを。正直僕はどっちでもいいぞ。ただ我慢の限界があるだけだ」

そうして僕は踵《きびす》を返《かえ》して自分の席に戻った。

「起こしたねぇ、ひと悶着《もんちゃく》」

竜之介《りゅうのすけ》がさっきと同じ場所に立っていた。そこで一部始終を見ていたのだろう。嬉《うれ》しそうに笑っている。僕は「やるって言っただろ」とだけ言ってイスに腰を下ろした。

これでいい。

昨夜野添《のぞえ》は僕に問うた。『普通』になりたかったのではないのかと。そして、今日示して見せた。自分が新たな一歩を踏み出したことを。

それに対する僕の回答がこれだった。

次なる一歩への地ならし。クラスの連中が正しい答えを出すことができれば、僕はそこに踏み出すつもりだ。そして、何より邪険にされる僕を見て野添《のぞえ》が胸を痛めることもなくなる。

気がつけば教室が静まり返っていた。

その静寂の中、イスを引く音が聞こえた。誰かが立ち上がったようだ。

「わたしは――」

野添《のぞえ》だった。

僕は思わず彼女を見た。よけいなことを言うのではないかと心配になる。あの日生徒指導室で何があったかを話せばおそらくすべて丸くおさまる。発端は根来《ねごろ》の横暴によるものなのだから。だけど、あの根来《ねごろ》が生徒にやり込められたという話が学校中に広がり、やがては当の根来《ねごろ》の耳にも入るだろう。そうなると野添《のぞえ》にまで嫌がらせをしてくるかもしれない。このクラスはもう根来《ねごろ》と関わりがないからめったなことはないと思うが、不確定要素は増やさないにこしたことはない。

「もう終わりにするべきだと思います」

野添《のぞえ》はそう言い放った。

「根来《ねごろ》先生に睨《にら》まれるのが怖かったのはわかります。わたしも同じですから。でも、先生はもういません。いつまでも赤沢《あかざわ》さんを仲間外れにすることに意味はあるでしょうか？　いえ、そもそもこのようなことをするべきではありませんでした」

深窓の令嬢のようでありながらも凜《りん》とした、普段の野添《のぞえ》の調子で続ける。

「ここまで言っておいて何ですが、わたしもどちらでもいいと思っています。ただ、わたしは赤沢《あかざわ》さんのほうにいきますので、もしこれからも今まで通りのことを続けるのであればわたしにも同じ扱いをしてください」

突き放すように言うと、野添《のぞえ》は歩き出した。

「野添《のぞえ》さん、どこに……？」

「いい機会だから赤沢《あかざわ》さんと話をしたいと思いまして」

彼女は女子のひとりにそう答え、こちらに向かってくる。野添《のぞえ》においていかれた面々は一様に居心地が悪そうだった。

最後は野添《のぞえ》がダメ押すかたちになったが、これで情勢は変わるだろう。小学生の学級会じゃあるまいし、これからはこうしましょうとはならないだろうが、昨年度から引き継がれた無意味な悪習は潰《つい》えるはずだ。

問題は野添《のぞえ》だ。

彼女は主不在のひとつ横の席に横向きに腰を下ろした。背中側に背もたれがないが、上品に背筋を伸ばして座る。

「何？」

「さっき言った通りです。わたし、赤沢《あかざわ》さんとはあまり話したことがありませんから」

と、彼女は笑ってみせる。僕からすれば実に白々しいことなのだが、傍目《はため》にはこれまで仲間外れにされていた男子生徒とイチからやり直そうとする美しい光景に映るのだろう。

「お、いいねいいね。あたしらも交ぜてよ」

そこにやってきたのはセレナだった。ふたりほど友達をつれているが、どちらも先日モールの書店で会った面々だ。

「で、何から聞く？」

「そうですね。好きな女の子のタイプとかはどうでしょう？」

「いきなりぶっ込んできた！」

セレナは腹を抱えて笑う。

「で、どうなのさ、チカ。聞かれてるよ」

「そんなの考えたことないよ」

愉快そうに回答を求める竜之介《りゅうのすけ》に、僕はなげやりに答えた。……たちの悪い友人をもったものだ。

「あ、でもさ、いたじゃん。あのとき」

「いたいた。すっごいかわいいギャルっぽい子。カノジョでーすって」

そう割って入ってきたのはセレナについてきたふたりだ。

「え、そうなんですか？　赤沢《あかざわ》さんは、その……実際のところ、その女の子のことをどう思ってるのでしょうか……？」

当然あの場に野添《のぞえ》はいない設定なので、彼女は初耳のように驚く。そうしてからおそるおそる問いを重ねてきた。

さすがにこれには返答に窮する。あれは野添《のぞえ》の咄嗟《とっさ》のアドリブだ。詳細は詰めていない。

「いや、単なる友人だよ。カノジョだっていうのもあの子の冗談だ」

僕は考えた末にそう答えた。

たぶんこれが無難なはず。カノジョ持ちだと思われると面倒なことになりそうだし、後で野《の》添《ぞえ》と設定を詰めて微調整するにしても、「実はカノジョじゃない」よりは「実はカノジョ」のほうが恰好《かっこう》がつく。

と思ったのだが——、

「あっちゃー」

「ない。それはないよ、チカ……」

なぜかセレナと竜之介《りゅうのすけ》が天を仰いでいた。

何なんだろうか、この反応は。僕は助けを求めるようにして、僕は野添《のぞえ》を見た。

「知りませんっ」

すべては野添《のぞえ》のアドリブからはじまっているのでうまくフォローしてほしかったのだが、なぜか彼女はぷいとそっぽを向いてしまったのだった。

§§§

長い一日はまだ続く。

放課後、終礼が終わると僕はとっとと教室を出た。昼休みに思いがけず目立ってしまったので、不必要に教室に残っていたくなかったのだ。

「待ちなさいよ」

廊下を歩く僕に声をかけてきたのは日下比奈子《くさかひなこ》だった。

今朝も昼休みもアクションがなかったので、やっと動きを見せたかという思いだ。

「よくも野添《のぞえ》さんに変なこと吹き込んでくれたわね」

日下《くさか》は僕を苛烈に睨《にら》みつけてくる。

「何のことだ？」

「イヤリングのことに決まってるでしょ。それに昼休みにはアンタを庇《かば》ったりして」

「それのどこが変なのかわからないし、吹き込むも何もそもそも僕にそんな機会はないよ」

僕がそう答えると、日下《くさか》は鼻で笑った。

「アタシ、見たのよ」

「何を？」

問い返した僕に、日下《くさか》は一歩近づいてきた。まだ終礼が続いているクラスも多いのか、廊下を行き交う生徒は多くない。それでも彼女は僕にだけ聞こえる声で言った。

「スーパーの袋を持った野添《のぞえ》さんとアンタが会ってるとこ」

「っ⁉」

「四月には朝早くにふたりで歩いてたわ」

僕は素早く頭を巡らせる。

ひとつめはゴールデンウィーク明けに野添《のぞえ》が夕食を作ってくれたときだろう。ふたつめは彼女が僕の部屋で倒れた翌日の朝だ。なぜあんな時間のあんな場所に日下《くさか》がいたかはわからないが、いま大事なのはその事実を彼女が知っているということだ。

そして、それは日下《くさか》がずいぶんと攻撃的な態度で僕にからんできたタイミングとも一致している。疑問が解けたのはいいが、これは少しまずい。

「野添《のぞえ》さんはね、アンタみたいなのと一緒にいたらダメなの！　アクセなんてつけなくてもきれいなの！」

「待て、日下《くさか》」

僕は興奮する日下《くさか》をどうにか黙らせようとする。が、それは叶《かな》わなかった。

「あんな野添《のぞえ》さんじゃない！」

「日下《くさか》さん……」

彼女は決定的なひと言を言い放ち、その直後に聞こえた声に驚きで目を見開くことになる。

僕の視線の先、日下《くさか》の後ろに野添《のぞえ》がいた。

日下《くさか》がゆっくりと振り返る。その際、彼女が目つきを鋭くするのが見て取れた。見間違いでなければ、いま日下《くさか》は野添《のぞえ》を睨《にら》みつけているだろう。

「……裏切ったわね」

彼女は静かに言う。

「『特別』じゃない野添《のぞえ》さんなんて絶対認めないから」

そして、吐き捨てるようにそう言うと、どこかへと走り去っていった。

その場に僕と野添《のぞえ》が残される。

「聞こえてたか？」

「はい」

奇《く》しくも日下《くさか》の口から飛び出した『特別』という言葉は野添《のぞえ》もよく使う。だけど、彼女が求める『特別』と、野添《のぞえ》がなりたいと思っているそれはきっと別ものだ。

「認めないと言われてしまいました」

その口調は重苦しい。

最悪だった。野添《のぞえ》は少しずつなりたい自分になろうとしていた。今日は思いきってイヤリングをつけた自分の姿を見せ、大きな一歩を踏み出した。その矢先に投げかけられた全否定の言葉だった。

「また夜に……」

野添《のぞえ》は暗い顔のまま、今はただそれだけを言った。

5

「昨日はすみませんでした」

夜のコンビニで、それぞれアイスコーヒーを用意してイートインコーナーに座るなり、野添《のぞえ》が謝ってきた。

「わたし、気持ちが急《せ》いていたんだと思います」

「確かにそんなふうに見えたな」

「一昨日、榛原《はいばら》さんたちを相手に別人のように振る舞って、うまく騙《だま》せたことで何かになれたような気がしたんです」

　書店でのことだろう。確かにあの場をやり過ごすことができたのは野添《のぞえ》の機転のおかげだ。実際にはセレナは見抜いていたが、そこに至るまでのヒントがなければ最後まで気づかなかった可能性は高い。

「自分にできたことだから、赤沢《あかざわ》さんにもできてほしいと思って。だからあんな言い方を。本当にすみませんでした」

「いいよ、それは。野添《のぞえ》が謝ることじゃない。それに朝、人は変われると野添《のぞえ》が身をもって見せてくれたからこそ、僕も一歩踏み出すことができた。感謝してる」

「いえ、そんな。わたしは……」

　野添《のぞえ》はアイスコーヒーのカップに視線を落としながら、つぶやくような小さな声で答えた。

「とは言え、最後は野添《のぞえ》に助けられたかたちになったが」

「大丈夫です。わたしにはわかります。赤沢《あかざわ》さんの言葉でもうみんな、自分がずっと人を傷つけてきたと気づいていましたから。あのときわたしが何も言わなかったとしても、緩やかに状況は改善していったはずです」

「そうか。そうだといいな」

　常に輪の中心にいる野添《のぞえ》がそう言うのだからそうなのだろう。

「でも、中にはそういう変化を受け入れられないのもいる」

「そうですね……」

野添《のぞえ》は一度上げた顔を再び伏せた。

もちろん、僕が言っているのは日下比奈子《くさかひなこ》のことだ。彼女が抱く野添《のぞえ》への憧れはあまりにも強すぎた。だから、野添《のぞえ》が変わっていくことで裏切られたと感じている。

「仕方ないさ。日下《くさか》のような手合いは一定数出るとは思ってた。野添《のぞえ》がなりたい自分に近づくことは、周囲の期待に背くことと同意だ。野添《のぞえ》はそれでも野添《のぞえ》のことをちゃんと見てくれる人間を大事にすればいい」

残念ながら、今の野添《のぞえ》しか認めぬと言い放つ日下《くさか》はそこから漏れたのだ。

野添《のぞえ》は黙り込む。ショックだったのだろう。勇気をもって自分の趣味の一部を明かし、それが概《おおむ》ね好評だった直後に真っ向から否定されたのだ。むりもない。

「どちらかじゃなくて両方」

「うん？」

やがて野添《のぞえ》がぽつりと言ったが、僕は何のことだかわからず聞き返した。

「『どちらかじゃなくて両方』。わたしが憧れた女の子の言葉です」

「そう言えば、前に言ってたな」

「はい。彼女に憧れるなら、いっそそこも倣《なら》いたいと思います。わたしが自分を貫くことで何かを選ばないといけないとしても、それは今じゃなくていいはずです」

つまり日下《くさか》を説得し、理解を求めるということか。

なかなかどうして野添《のぞえ》は強い。今や彼女は進むべき道は決まったとばかりに、しっかりと正面を見据えていた。

§§§

翌日の放課後。

終礼が終わってかなりの時間がたち、教室に残っているのは野添《のぞえ》と日下《くさか》、そして、僕の三人だけだった。野添《のぞえ》が日下《くさか》に話があると言って、彼女に残ってもらったのだ。

野添《のぞえ》と日下《くさか》は、それぞれ自分の席のそばに立っている。ふたりの席は近くはない。話をするには距離があるが、誰もいない教室なら十分に声は届くだろう。そして、僕はさらに遠く、窓を背にして立っていた。

「話って?」

僕たち三人を除く最後のひとりが出ていったところで日下《くさか》が口を開く。口調からして不機嫌だった。

「わたしのことを知ってほしいと思って」

答える野添《のぞえ》は、日下《くさか》とは対照的に穏やかな様子。これから自分に憎しみを募らせかけている日下《くさか》を説得しようというのに、なかなか豪胆なことだ。

「もう知ってる」

「聞かせてください」

「野添《のぞえ》さんは強くてカッコよくて、人気ものなの。いつも毅然《きぜん》としてて、頼りになる。みんな野添《のぞえ》さんのことを慕ってるわ」

日下《くさか》は熱っぽく語る。

「買いかぶりすぎです」

「みんなそう思ってる」

「いいえ、わたしはそんな人間じゃありません」

野添《のぞえ》は重ねて否定する。

「好きな服があるのに、それが本当に自分に似合ってるか自信がもてないでいます。お店で店員さんに声をかけられてしどろもどろになりました。先生に理不尽なことを言われても、ただただ泣いているだけでした。好きな人にもずっと話しかけられずにいました」

「なんでそんなこと言うの！」

最初は体を戦慄《わなな》かせながら野添《のぞえ》の話を聞いていた日下《くさか》だったが、程なくして爆発した。悲鳴じみた声を上げる。

「どうしてアタシが憧れた野添《のぞえ》さんでいてくれないのよ」

「日下《くさか》さんや皆さんがそんなふうに思ってくれていることは嬉《うれ》しいです。でも、だからこそわたしという人間をちゃんと見てほしいのです」

野添《のぞえ》は本当の自分を見てくれと言う。だが、それは彼女の眩《まぶ》しい部分だけを見ていたい日下《くさか》にとっては最も欲《ほっ》しない姿だ。野添《のぞえ》に憧れるあまり、それを裏切りとまで言ってしまうほどに拒否している。

「何を見るっていうの？　イヤリングをした野添《のぞえ》さん？　そんなチャラチャラした野添《のぞえ》さんは野添《のぞえ》さんじゃない！」

「でも、日下《くさか》さんと同じですよ？」

「ちがう！　お、おんなじだけど野添《のぞえ》さんはちがうの！」

ずいぶんとむちゃくちゃなことを言っていた。日下《くさか》自身もその自覚があるのか、言い終わってからばつが悪そうな顔をしている。

だが、野添《のぞえ》はそこについては何も言わない。

「そんなに似合いませんか、これ」

少し間をおいてから、彼女は長い髪を耳の後ろに流してイヤリングを見せた。日下《くさか》は野添《のぞえ》がそういうものをつけることに否定的だ。にも拘《かかわ》らず、あえてそれを見せる。

日下《くさか》は目を瞬《まばた》かせた。

「今日はつけてなかったんじゃ……？」

「ええ。アクセサリにうるさい先生も多いですから、思った以上につけたり外したりが忙しくて。昨日、思い知りました」

野添《のぞえ》はかわいらしく口をへの字に曲げた。

この桜ノ塚高校ではアクセサリの類は原則禁止されている。その上で先生の対応はだいたいみっつに分かれる。いっさい許さない先生とまったく気にしない先生。そして、授業さえ聞いていればとやかく言わない先生だ。校則に違反してアクセサリを身につける生徒は、そのあたりを見極めてつけたり外したりしている。

昨日初めてイヤリングをしてきた野添《のぞえ》は、その忙《せわ》しなさを身に沁《し》みて実感したのだろう。

「でも、日下《くさか》さんに見てほしくてさっきつけました。どうでしょうか？」

「……似合わない」

日下《くさか》は不貞腐《ふてくさ》れたようにぽつりと言った。

「そうですか？　けっこう好評なんですよ？」

「だって、野添《のぞえ》さんにそんなもの必要ないじゃない。ううん、むしろつけちゃダメ」

「いえ、必要です。これはわたしがわたしになるために必要なものです」

なおも否定する日下《くさか》に対し、野添《のぞえ》はきっぱりと言いきった。

「意味わかんない」

「だから、日下《くさか》さんにはそこをわかってほしいのです」

野添《のぞえ》は諦めない。昨日、『どちらかじゃなくて両方』と言ったように、相容《あいい》れぬものとして切るにはまだ早いと思っているのだろう。

日下《くさか》はこれほどまでに自分の主張を聞いてもらえなかったのが予想外だったのか、野添《のぞえ》の視線から逃げるように今度は僕を睨《にら》んできた。

「やっぱり何か吹き込んだのね！　だいたい何でここにアンタがいるのよ⁉」

「野添《のぞえ》に頼まれた」

僕としても女の子同士の話し合いの場に同席するのは遠慮したかったのだが、野添《のぞえ》がどうしてもと言うので断りきれなかったのだ。

「昨日もそんなことを言ってたけど、僕は何も吹き込んだりはしてないよ」

「嘘《うそ》いわないで！　野添《のぞえ》さんはね、そのままでも十分にきれいでかわいいの！　アクセなんか必要ない！　誰にでも優しくて、いつも笑ってるの！　もちろん男なんかとつき合ったりしないわ！　そうよ、ましてやアンタなんかとこそこそ会ったりしちゃダメなのよ！」

日下《くさか》は堰《せき》を切ったように捲《まく》し立《た》てる。なるほど。まるで誰もが抱く野添瑞希《のぞえみずき》のイメージを集約したかのようだ。

「日下《くさか》、それは日下《くさか》が抱く理想であって、野添《のぞえ》に押しつけるべきものじゃない。ちがうかたちでだが自分の勝手な理想を押しつけたやつがいたよ。誰だかわかるか？　根来《ねごろ》だ」

「っ⁉」

日下《くさか》ははっとした。自分のやっていることがあの横暴な根来《ねごろ》と同じだと言われたら、そういう反応にもなるだろう。

「あいつは日本人なら髪は黒だと言って、野添《のぞえ》に髪を染めることを強いた。日下《くさか》はそれと同じことをしようとしてるんだ」

「う、うるさい！」

日下《くさか》はヒステリックに叫び、自分の机の上にあったペンケースを僕に投げつけてきた。

「痛っ」

僕は反射的にそれを手で防ぐ。だが、その直後、左の目に鋭い痛みが走った。思わず顔を押さえた掌《てのひら》に血がつく感触。床を見てみればペンケースと一緒にシャーペンやらマーカーやらが転がっていた。どうやらケースの口があいていて、運悪くそこから飛び出したどれかの鋭いペン先が顔をかすめたのだろう。

僕はゆっくりと手を離し、固く閉じた瞼《まぶた》をおそるおそる開いていった。大丈夫だ。ちゃんと見えてる。触った感じ、目尻の近くを切っただけのようだ。

「赤沢《あかざわ》さんっ」

「問題ない」

僕は駆け寄ろうとする野添《のぞえ》を手で制した。そうしながらスラックスのポケットからハンカチを取り出して傷を強く押さえる。

「あ、あの、アタシ……」

反対に日下《くさか》は青い顔をしてその場に立《た》ち竦《すく》み、声も震えていた。こんなことになるとは思いもしなかったのだろう。

「日下《くさか》も。大丈夫だから。これくらい舐《な》めときゃ治る」

「で、でも、そんなとこどうやって舐《な》め……」

「いいんだよ、そこは流しとけ。冗談だから」

だいぶ混乱しているようだ。

僕は一度ハンカチを離し、そこについた血を確認する。なかなか見ない量だが、流れ出たり滴《したた》り落《お》ちたりしている感じはない。派手なのは最初だけだったか。ハンカチを折り直し、まだ汚れていない面であらためて傷を押さえた。

「日下《くさか》は野添《のぞえ》のことが好きなんだろうな。それは見ててわかるよ。でも、野添《のぞえ》は今、変わりたくて変わろうとしてる。野添《のぞえ》のことを思うならそれを受け入れるべきなんじゃないか？」

今が好機だろう。さっきまで激昂《げきこう》し、人の話にまったく耳を貸さなかった日下《くさか》が、思わぬ流血沙汰で怒ったり言い返したりする勢いをなくしている。

傷が少し痛むが、僕は顔に出さないように続けた。

「変わるのは勇気のいることだ。簡単じゃない。僕も一度は変わろうと決意して、諦めそうになった」

そう。僕は諦めかけていた。

僕は『普通』になりたいと決意したにも拘《かかわ》らず、具体的なことはまだ何もしていなかった。決意の直後だからすぐに何かできなくても仕方がないのかもしれないが、反対に直後だからこそすぐにでも何かやれることをやるべきだったとも思う。

一方でそんな僕とは反対に、野添《のぞえ》は着実に変わっていった。

思い立ったが吉日とばかりに瞬発力で行動してみたり、まったくちがう自分になりきってみせたり。誰憚《はばか》ることなく好きなことをして、なりたい自分に近づいていっている。

僕は彼女を見て思ってしまったのだ。自分は野添《のぞえ》みたいにはできない、と。

一度そう思ってしまうと容易には振り払うことができず、僕はこういう性格だからと言い訳をしながら諦めようとしていた。

「だけど、それは正しくない。だから、僕はこれからも諦めず努力を続けていくつもりだ」

「赤沢《あかざわ》さん……」

これは昨日、野添《のぞえ》に伝えそびれたことだ。ちゃんと伝わっただろうか。

「まぁ、僕のことは兎《と》も角《かく》、少なくともそうやって変わろうとしてる人間に、変わらないでくれと縋《すが》りつくような真似《まね》はしたらダメだ」

「日下《くさか》さんはわたしのことをよく見てくれていると思います。今日のイヤリングのこともそうです」

僕の後に言葉を続けた野添《のぞえ》は、ゆっくりと日下《くさか》のほうへと歩いていく。

確かにそうだ。野添《のぞえ》は髪が長い。だからよく見ていないとつけているかどうかわからない。野添《のぞえ》に憧れる日下《くさか》だから気づけたことだ。

「わたしも日下《くさか》さんのことを見ているつもりです。遊びにいくときの服はいつもギャル系ですよね。ナチュラブとか――」

野添《のぞえ》は続けていくつかのブランド名を指折り挙げていく。僕も少しは竜之介《りゅうのすけ》から聞いたことがあった。

日下《くさか》は彼女の口からそんな単語が出てくると思わなかったのか、目を丸くしている。

「あと、K―POPが好き。男性アイドルよりはガールズグループのことをよく話しているように思います。確か――」

今度はアイドルグループのものらしき名称。こっちはさっぱりだった。野添《のぞえ》もそこは詳しくなさそうで、過去に日下《くさか》の口から出た名前を挙げていっているだけのようだ。

「わたしもギャル系の服は好きですよ。まだみんなには内緒ですがよく着ます」

「う、嘘《うそ》……」

「嘘《うそ》じゃありません」

野添《のぞえ》はどこか得意げに答える。

「日下《くさか》さんは学校では見せない本当のわたしを見たくないですか？」

そして、ついに日下《くさか》の前までくると、真《ま》っ直《す》ぐに彼女を見ながら問うた。

「日下《くさか》さんの思う『特別』じゃないですが、わたしがなりたいと思ってる特別なわたしです」

「それは……」

日下《くさか》は逡巡《しゅんじゅん》する。

それは選択だ。憧れを捨てるかどうかの選択。もちろん、日下《くさか》がどちらを選ぶにしても、野《の》添《ぞえ》は変わることをやめない。ただ、日下《くさか》が理想の野添《のぞえ》でいてほしいと望むのなら、きっと野添《のぞえ》は日下《くさか》の前では今のままの姿でいるのだろう。そして、日下《くさか》は『特別な何か』になった野添《のぞえ》を見ることはない。今度こそ野添《のぞえ》は自分を貫くための選択をし、日下《くさか》を切る。

「あたし、本当の野添《のぞえ》さんが見たい……」

日下《くさか》は苦しそうに声を絞り出した。彼女もまた、いま変わろうとしているのかもしれない。

「じゃあ、今度ふたりで遊びにいきましょう？」

「うん……」

うなずく日下《くさか》。

「ごめんね、野添《のぞえ》さん……」

それがいったいどういう感情によるものか僕にはわからないが、彼女は泣き出してしまった。

とは言え、野添《のぞえ》は見事両方を取ってみせた。これで一件落着のようだ。

6

翌日の昼休み。

実に慌しい二日間を乗り越えたが、いきなり僕の周囲が賑《にぎ》やかになるわけでもなく、昼食を終えた後は特に何をするわけでもなくぼんやりしていた。きっと変化は緩やかに訪れるのだろう。読みかけの小説を机の上に出してはいるものの、なかなか手に取る気にならなかった。

セレナか竜之介《りゅうのすけ》でもこないだろうか。いや、自分からふたりのところに行けばいいだけの話だが、それはそれで何か浮かれているようで躊躇《ためら》われた。

「赤沢《あかざわ》さん」

そんなことを考えていると名前を呼ばれた。

「ああ、野添《のぞえ》か。何か用か？」

「用と言えば用なのですが、わたしではなく……」

野添《のぞえ》の返事はどうも要領を得ない。

彼女はちらと横を見た。いや、背中のほうを意識しているようだ。よく見れば、彼女は後ろからぐいぐいと押されているのを踏ん張って耐えていた。何をしているのだろうと思った矢先、野添《のぞえ》の背後からぬっと手が伸びてきて、ファンシーな紙袋を僕の机に置いた。

続けてその手の主が姿を現す。日下比奈子《くさかひなこ》だった。

「これは？」

「お、お詫《わ》びとかお礼とか、なんかいろいろ……」

日下《くさか》は不機嫌そうにそう言った。

「そうか。特に何かした覚えはないけど、せっかくだからもらっておこうかな」

左の目尻付近に貼ったガーゼの下には確かにお詫《わ》びを受け取る資格が刻まれているが、こんなものはすぐに消えるだろう。消えたら日下《くさか》も忘れたらいい。

「中身は？」

「クッキーとかそんな感じのもの」

ぶすっとしたまま日下《くさか》はおしえてくれる。

「もしかして手作り？」

「昨日の今日でそんなことできるわけないでしょ。あの後モールに寄って買ったのよ」

「それもそうか。悪いな。帰ったらいただくよ」

思いついたら即行動。自分の負の側面を突きつけられたときですらそうできる日下《くさか》は、傍《そば》で見ている以上にいいやつなのかもしれない。

礼を言おうと僕があらためて日下《くさか》を見上げると、彼女はなぜか「う……」と小さく呻《うめ》き声を上げて怯《ひる》んだ。

「べ、別に深い意味はないからね。の、野添《のぞえ》さんも誤解しないでね。そういうのじゃないから。じゃあ！」

日下《くさか》はそう捲《まく》し立《た》てると、逃げるようにして立ち去った。

「何だ、あれは？」

説明を求めて野添《のぞえ》を見ると、彼女はなぜか僕を冷ややかな目で見ていた。

野添《のぞえ》の手がゆっくりと僕のほうへと伸びてくる。その意図がわからず、ただじっとしていると彼女は指で僕のガーゼを弾いた。小さな痛みが走る。

「痛いだろ」

「それが『普通』になるということです」

そう言って野添《のぞえ》は頬をふくらませた。

これが？　なるほど。『普通』になると野添《のぞえ》に傷をつかれるのか。ひどい話だな。

§§§

放課後、僕はまっすぐ家には帰らず、駅前の図書館にきていた。借りていた本を返すためだ。

本を一階のカウンタで返却した後、新しい作品を借りるべく日本文学の書架を回った。

その最中、縦に細長いはめ殺しの窓がいくつも並んでいる場所があり、僕は気まぐれにそばに寄ってみた。こういう場所があるのは知っていたが、今まで特に気にすることなく通り過ぎていた。

窓の外を見てみる。ここは二階で、賑《にぎ》やかな駅前とは反対方向だ。下に目をやると線路が見えた。電車が通ったらうるさいのではと思ったが、過去に本を探していて電車の音が気になった覚えはないので防音はしっかりしているのだろう。

僕は近くに人がいないことを確認すると、おもむろにスマートフォンを取り出し、やや上に向けてシャッターを切った。特段きれいでもない空と、いくつかのビルの一部が映っているだけの写真だ。何の面白味もない。要するに『映えない』というやつだ。

その写真をＬＩＮＥを使って野添《のぞえ》に送る。メッセージは特になし。それが終わると僕は端末の電源を切った。

書架から気になった本を二冊取り、閲覧席に腰を下ろす。そうして三十分ほどがたったころ。

「やっぱりここにいました」

そんな声に顔を上げると、そこには野添《のぞえ》の姿があった。口をへの字に曲げ、腰に手をあてている。着ているのは先日まさにこの場所にきたときのギャル系の服だ。一度家に帰ったのだろう。僕は手を上げて彼女に応えた。

「もう。何なんですか、いきなりわけのわからない写真を送ってきて。こっちからメッセージを返してもぜんぜん既読にならないし」

「わけがわからないと言ってるわりにはどこかわかったんだな」

「わかりますよ。ずっとここに住んでるんですから。それに写ってるビル、わたしが四年生のときに建ったものです」

なるほど。生まれたときからある風景ではなく、途中で変わったからこそどこのビルかすぐに判断ができたのか。

「いったいこれは何なんですか？」

「強いて言うなら『この風景が見えるところで待ってる』、だな」

僕がそう答えると、野添《のぞえ》は「はい？」と気の抜けたような声を出した。

「ちゃんと伝わったようで何よりだ」

「伝わってません。突然こんな写真を送ってきたから心配でさがしにきただけです」

そこで野添《のぞえ》はため息をひとつ。

「待ってるって何ですか。赤沢《あかざわ》さんはもっと合理的に考えて、効率的に動く人だと思ってました。こんなやり方、正しくありません」

「基本的にはそうだな。でも、その正しくないことをしたかったんだ。なかなか面白かったよ。野添《のぞえ》がきてくれるかどうかわからなくて」

「わたしで遊ばないでください」

と、僕を睨《にら》む。

「そんなつもりはないんだけどな。……出よう。クレープでも食べないか？」

ここは図書館。長話は厳禁だろう。僕は場所を変えるべく立ち上がった。


ショッピングモールの表にある広場に移動した。

「今日はあの大きなやつは食べないのか？」

「いつもいつもあれを食べてるわけじゃありません」

野添《のぞえ》は頬をふくらませる。

僕たちは今、クレープを食べていた。生クリームとカスタードが入っただけの薄いやつだ。あいていたベンチは、奇《く》しくも初めてふたりでここにきたときに座ったのと同じ場所だった。そこに並んで腰を下ろす。

「それで――」

クレープを数口食べて味わったところで野添《のぞえ》が切り出してきた。

「そんなつもりじゃないなら、なんであんな回りくどいやり方を？」

「さっきも言ったけど、そういうことをやってみたかったんだ」

単に待ち合わせの約束を取りつけるだけならＬＩＮＥでメッセージを送ればすむ話だ。別に電話でもいいし、教室で声をかけてももう誰も文句は言ってこないだろう。それでもこういう不確定要素だらけのことをしてみたかった。野添《のぞえ》にちゃんと伝わればそれでよし。伝わらずに明日学校で会ったときに呆《あき》れられるのもまたよしだ。

たぶんこれは少なからず野添《のぞえ》の影響がある。

野添《のぞえ》は自分に寄せられる期待やイメージに縛られ、身動きが取れなくなっていた。だが、今は少しずつその縛りから逃れ、自分の思うがまま振る舞おうとしている。

では、僕ならどうだろうか？

僕の判断基準は正しいか正しくないか。だけど、これは野添《のぞえ》同様ある種の呪縛になっている。そこから逃れるためにやってみたのが先のような試みだ。あえて回り道をして、その上で目的地に辿《たど》り着《つ》かないかもしれない選択。自分の行動の中にそういう無駄を作ってみたかったのだ。

「ああ、それともうひとつ。野添《のぞえ》と一緒にこれを食べたかったのもあるな」

「は……？」

野添《のぞえ》が素っ頓狂な声を上げた。何かおかしなことを言っただろうか？　続けて彼女はおもむろに大きなため息を吐く。

「優先順位がおかしいです。こういうときは、ストレートに誘ってください」

なるほど。そっちが正解か。僕としては目論見《もくろみ》が外れて野添《のぞえ》がこなかったとしても、それはそれで笑い飛ばして次の機会にするつもりでいたのだが。

野添《のぞえ》がずいぶんと荒っぽくクレープを食べはじめたので、僕もとまっていた手を動かす。

「美味《うま》いな」

「そうですね。わたし、ここのクレープがいちばん好きです」

誰に言うわけでもなくつぶやいた僕の言葉に、野添《のぞえ》もうなずいてくれる。

「そうなのか？　この前はそんなこと言ってなかった気がするが」

「ええ、言ってません。いちばんになったのは今ですから」

気がつけば野添《のぞえ》は先ほどのような乱暴な食べ方とは一転、今は実に美味《おい》しそうに味わっていた。いったいなんでいきなりここのクレープがいちばんになったかはわからないが、その言葉に嘘《うそ》はないのだろう。

ふと前を見ると、もうそろそろ一般的な家庭の夕食時と言ってもいいような時間だが、ちらほらと桜ノ塚の制服を着た生徒の姿があった。その何人かがこちらを見ながら通り過ぎていく。

「ちょっと見られてますかね……？」

野添《のぞえ》もそれに気づいたようで、恥ずかしそうにそう言った。

こんな稀有《けう》な美少女のギャルだ。注目を浴びるのも当然と言える。見ている連中は、きっと誰ひとり彼女がつい先ほどまで自分たちと同じ学校の制服を着て、教室で授業を受けていたなどと考えもしないだろう。だけど、そこには『野添瑞希《のぞえみずき》』というフィルタはない。ある意味彼らは本当の野添《のぞえ》を見ている。

「いいんじゃないか。いつかこういう服を着るのが野添瑞希《のぞえみずき》だと言えるといいな。イヤリングもそうだけど、そういう野添《のぞえ》らしからぬことを積み重ねていけば、いずれ周りからの扱いも変

わるだろ」

「え？　あの、それはどういう……？」

野添《のぞえ》はおそるおそる問うてくる。

「僕には野添《のぞえ》が置き去りにされてるように見えたんだ」

野添瑞希《のぞえみずき》という少女の周りには彼女を慕う生徒が集まってくる。だけど、輪の中心にいながら、その実置き去りにされていた。

例えば誰かが野添《のぞえ》に質問をし、彼女がそれに答える。するとその瞬間、野添《のぞえ》がこういう感想をもった、これを好きだと言ったと盛り上がり、当の野添《のぞえ》は蚊帳《かや》の外に放り出されてしまう。

もっとわかりやすい例は、野添《のぞえ》が僕に話しかけようとしたときだろう。日下《くさか》をはじめとして必ず誰かが止める。引っ張ってでも彼女を僕から引き剝がす。そこに野添《のぞえ》の意思はない。それが彼女のためだからだ。

おそらく周りの連中は己がやっていることに気づいていない。自分は熱心なファンだと思い込んでいる。反対に野添《のぞえ》は当事者だから実感していたはずだ。グループでのＬＩＮＥも似たようなものだったにちがいない。

「気づいてたんですか……？」

「ああ」

だけどうまい解決方法が見つからず、クラス内での僕の扱いもあって、見ているしかできなかったというのが本当のところだ。

「思い返してみれば、わたしが『特別な何か』になりたいと言っても、赤沢《あかざわ》さんは特に疑問をもちませんでした。傍目《はため》にはちやほやされているように見えるはずなのに」

その通りだ。容姿に恵まれ、成績優秀で先生からも生徒からも慕われる野添《のぞえ》は、とっくに特別な存在になっていると言える。だけど、先にも述べた通り輪の中心で置き去りにされている彼女を見れば、そんなことは決して思えなかった。

あの日この場所で野添《のぞえ》は言った。学校では深窓の令嬢然とした優等生で、家では親の期待に

応えるいい子。だから、『特別な何か』になりたいのだと。でも、それではおかしいのだ。動機がすっぽり抜けている。野添《のぞえ》が意図的に飛ばしたのだろう。

　学校では優等生。家でもいい子。でも、実際は誰も自分のことなど見ていない。だから『特別な何か』になりたい――というのが彼女の正確な気持ちだと僕は思っている。

「でも、それはわたしが勝手にそう感じてるだけかもしれないので。ただの被害妄想だとしたら周りの人を悪ものにすることになりますから」

　それが語らなかった理由のようだ。

「そうですか。気づいて、くれてたんですね……」

　野添《のぞえ》は膝の上で両手で持ったクレープに視線を落としながら、か細い声でつぶやく。

「散々言っただろ、目聡《めざと》いって」

「言ってましたね」

顔を上げ、ふわりと笑った。

「じゃあ、これからもわたしのことを見ててくれますか？」

「ああ、ちゃんと見てるよ」

野添《のぞえ》が望むなら変わり続ける彼女をずっと見守っていよう。必要なら力も貸そう。

そして、僕自身も変わらないと。

僕たちはふたりでなりたい自分を目指すのだ。

野添《のぞえ》は『特別な何か』に。

僕は『普通』に。

「あ、あの、わたしは『特別』になれるでしょうか……？」

唐突に、野添《のぞえ》は意を決したように聞いてきた。

「うん？　急にどうした。今さら自信を失《な》くしたのか？　野添《のぞえ》は確実に変わっていってると思うけど？」

「いえ、そうではなく。その、赤沢《あかざわ》さんの『特別』に……あ、やっぱり何でもないですっ」

しかし、結局彼女は何か言いかけた言葉を押しとどめるかのように、その小さな口でクレープにかじりつく。

そんなある意味とても野添《のぞえ》らしい挙動不審さに、僕は今日も首を傾《かし》げるのだった。

エピローグ

夜八時。

僕はいつものようにコンビニのイートインで野添《のぞえ》と肩を並べて座っていた。

「夏休みに家に帰ろうと思ってるんだ」

コーヒーを飲みながらそう切り出す。

「それはわざわざ言うことなんですか？」

「何せこっちにきてから一度も帰ってないからな」

「はい？」

僕の回答が予想外だったのか、野添《のぞえ》は気の抜けたような声を出した。それはそうだろう。普通家を出てひとり暮らしをしていれば、定期的に帰省くらいするものだ。野添《のぞえ》もそう思ったからこそ、先のように聞き返したのだろう。

僕はまだ一度も帰っていない。半ば追い出されるようにして家を出てきた身なので、帰ったところで父も母もいい顔はしないだろう。だからこのままどこかの大学に進んで、卒業したら就職をして——そうしつつ両親への近況報告は電話ですませて、もう一生顔を合わせることはないだろうと考えていたのだ。

「それがどうして帰ろうと思ったんですか？」

「両親に少しはまっとうになったところを見せたいと思ってさ。……ああ、わかってる。今のままじゃまだダメだ。だから夏休みまでにそう思ってもらえる自分になれたらと思ってる」

父はここでならまっとうになるかもしれないと期待して、僕を桜ノ塚高校に送り出した。そんなものは口だけで、本当は欠片《かけら》も期待していないのかもしれない。それでも僕は父の期待に応えたいと思っている。

僕が本気で変わろうと思ったのはつい最近のことだ。だから完璧はむりでも、ましな方向に向かっている、桜ノ塚に行かせたのは間違いではなかったと、少しでも父に思ってもらえたら今はそれでいい。

そうしていつか母を怖がらせない自分になれたらと思う。

「すごくいいと思います。具体的には何か考えてるんですか？」

「そうだな。普通の高校生らしいことを経験して、それを父や母に報告したいと思ってる。野《の》添《ぞえ》は笑うかもしれないけどさ。こんな案しかない僕を」

「いいえ、笑いません」

本当に野添《のぞえ》はわずかも笑うことなく首を横に振る。

「いいアイデアです。ぜひ実践しましょう」

「ありがとう」

野添《のぞえ》にそう言ってもらえたらこれでいいんだと思える。

「じゃあ、わたしたち一緒ですね」

と、彼女は嬉《うれ》しそうに笑う。

「何がだ？」

「なりたい自分になるための一歩を踏み出したところがです」

「僕はまだ目標を決めただけだ」

野添《のぞえ》はクラスメイトに新たな自分を見せ、日下《くさか》には本当の自分を明かして、確かに一歩前に踏み出した。だけど僕はようやくゴールを見据え、そこに至るチェックポイントを確認しただけ。一歩も踏み出せていない。

「小さくとも変化です」

「いや、さすがにそれは自分に甘くないか？」

「いいんですよ。こういうのは実感がやる気につながるんですから」

どこか自己欺瞞《ぎまん》に聞こえなくもない。

僕は受験勉強のときによく薄めの問題集を解いていたのを思い出していた。一週間や十日で完成を目指したものなら一日のノルマがわかりやすいし、一冊やり遂げれば自信がつく。それと同じだと考えれば、野添《のぞえ》が言うことにも一理あるのかもしれない。

「でも、先に中間テストだけどな」

それで思い出した。中間テストは五月の下旬。気がつけばもう来週だ。

「そろそろ本腰を入れて勉強しないとな」

「そうですね」

これはこうして夜のコンビニで会うのはテスト明けまでひかえようという合意だった。

「こういう服も少しの間お預けですね」

と、嘆く野添《のぞえ》は今日も今日とてギャル系ファッションに身を包んでいる。

日下《くさか》でも捕まえてどこかに出かければと思ったが、結局は先にテストなので野添《のぞえ》はしばらく我慢するしかなさそうだ。

「なあ、野添《のぞえ》。セレナと日下《くさか》あたりをクッションにして、もうみんなに服の趣味のことを言ってしまっていいんじゃないか?」

あのふたりと竜之介《りゅうのすけ》が味方にいる以上、クラスの女子くらいなら理解を得るのは容易《たやす》いはず。

「今はまだいいです」

だが、野添《のぞえ》はそう言ってまたも首を横に振った。彼女にしては珍しく消極的な態度だ。

「だって、そんなことをしたら赤沢《あかざわ》さんとここで会うのも終わりになりそうで……」

続く言葉は拗《す》ねたように口を尖《とが》らせながらの小さな囁《ささや》きで、僕はうまく聞き取ることができなかった。

「何か言いたいことがあるならちゃんと口にしたほうがいいと思うが?」

「簡単には口にできないこともあるんです。これが『普通』です」

怒ったようにぴしゃりと言うと、もう何も話さないとばかりにアイスコーヒーのストローに口をつけた。……そうか。これが普通なのか。やっぱり僕には難しそうだ。

簡単には口にできない言葉、か。

僕にもそういうものがあるだろうかと考えてみる。全面ガラスの向こうにある夜空を見ようとして――気がつけば野添《のぞえ》の横顔を見ていた。

野添瑞希《のぞえみずき》という少女とは入学直後の事件で関わり、一年のときを経てまた関係ができた。今ではこうして人目を忍ぶようにして会っている。

彼女のおかげで僕はなりたい自分が何なのかを言葉にすることができた。感謝しかない。できればこれからも彼女と一緒にいたいと思う。

そういう関係を何というのだろう？

こういう気持ちをどう表現したらいいのだろう？

「ああ、あるな」

我知らず、そうつぶやいていた。

僕の中にもありそうだ。簡単には口にできない言葉が。

そうしてふと思う。

あの殺風景な部屋にもう少しものを増やそう、と。

あとがき

初めましての方、初めまして。

そうでない方はお久しぶりです。

作者の九曜です。

このたびは新作ラブコメ『孤独な深窓の令嬢はギャルの夢を見るか』を手に取ってくださり、ありがとうございます。


今回は過去最長となる2年と5ヵ月のブランクを経ての刊行です。

意外なことに二年あいたのは初めてです。なんだかんだで二年活動して一年あいて、また二年活動した後に一年あいて、を繰り返していました。

カスタネットか。

では、なぜ今回は二年もあいたのか?

単純に書くことから遠ざかっていた時期があったというだけです。理由までは伏せておきますけどね。

それで一年ほどどうだうだしていました。ですが、生憎《あいにく》と書く以外に生きる道を知らない人間なので、結局こうして舞い戻ってきたというわけです。

我ながらハードな生き方を選んだものだと思います。

ぶっちゃけライトノベル作家なんて難儀な種族ですよ。成功するか野たれ死ぬか（超誇張）、ですからね。

その一方で、夢のある仕事だとも思っています。

何せ自分の努力がダイレクトに成功へと結びつきますから。こんな鳴かず飛ばずのわたしでも長く人の心に残るような作品を生み出したいという夢があって、その夢はラノベ作家でいるかぎりずっと追い続けることができます。


普通の仕事について、定年退職を迎え、好きなことをして余生を送る。――ありふれていますが、多くの人が思い描き、望む幸せでしょう。

でも、その反対もまた別のかたちの幸せなのではないかと思います。

つまり生涯現役。最期《さいご》のときまでこれぞ我が生き甲斐《いがい》と信じられる仕事に携わることです。

スペインのサグラダ・ファミリアは今でこそ二〇二六年の完成予定ですが、かつては完成までに三百年はかかると言われていました。そのころ建造に関わっていた人々は、どんなにがんばっても完成した姿を見ることはできません。それでもひとつひとつ建材を積み上げ、心を込めてレリーフを掘り――そんな生涯をかけても終わらない仕事に幸せを感じている人もいたのではないでしょうか。

ラノベ作家も似たようなところがあると思います。ラノベ史に残るような大作を生み出すためにひたすら書き続ける。すでに自分の代表作だと胸を張って言えるような作品を書いた作家でさえ、それだけでは飽き足らず書き続けています。まるで完成しないサグラダ・ファミリアのようです。

わたしも彼の建築物の如《ごと》き存在感を放つ作品……はむりでも、読んだ人の心に残り、ふと思い出したときに本棚から引っ張り出したくなるような作品を一冊でも多く書きたいと思っています。

さて、作品の内容に触れることなく謝辞です（笑）。

まずはイラスレータの椎名《しいな》くろ先生。引き受けてくださり、ありがとうございました。作品のテーマに沿ったカバーイラストをと、面倒なお願いをしてしまったのですが、返ってきたものを見て心底感動しました。

次に担当編集者の中島様。「こんなのを書きたいんです」と言いつつ、ほとんど何も考えていないに等しい企画をここまでにしてくださり、本当にありがとうございます。

それから校正の方やデザイナー様など、この作品を刊行するにあたってお力添えくださった方々、ありがとうございます。

最後に、今まさにこの文章を読んでくださっている皆様に、あらためて心からの感謝を。

では、またお会いできることを願って。

二〇二四年五月　九曜

◉九曜著作リスト

「孤独な深窓の令嬢はギャルの夢を見るか」（電撃文庫）

本書に対するご意見、ご感想をお寄せください。

ファンレターあて先
〒 102-8177　東京都千代田区富士見 2-13-3
電撃文庫編集部
「九曜先生」係
「椎名くろ先生」係

本書は書き下ろしです。

電撃文庫

孤独《こどく》な深窓《しんそう》の令嬢《れいじょう》はギャルの夢《ゆめ》を見《み》るか

九曜《くよう》

2024年５月10日　初版発行

発行者　山下直久
発行　株式会社KADOKAWA
〒102-8177　東京都千代田区富士見2-13-3
0570-002-301（ナビダイヤル）
装丁者　荻窪裕司（META＋MANIERA）
印刷　株式会社暁印刷
製本　株式会社暁印刷

ISBN978-4-04-915519-8　C0193　Printed in Japan

電撃文庫　https://dengekibunko.jp/

電撃文庫DIGEST　5月の新刊　発売日2024年5月10日

第30回電撃小説大賞《銀賞》受賞作

新作 **バケモノのきみに告ぐ、**

著／柳之助　イラスト／ゲソきんぐ

尋問を受けている。語るのは、心を異能に換える《アンロウ》の存在。そして4人の少女と共に戦った記憶について。いまや俺は街を混乱に陥れた大罪人。でも、希望はある。なぜか？――この『告白』を聞けばわかるさ。

私の初恋は恥ずかしすぎて誰にも言えない②

著／伏見つかさ　イラスト／かんざきひろ

「呪い」が解けた楓は「千秋への恋心はもう消えた」と嘘をつくが「新しい恋を探す」という千秋のことが気になって仕方がない。きょうだいで恋愛なんて絶対しない！　だけど……なんでこんな気持ちになるんですか！

続・魔法科高校の劣等生

メイジアン・カンパニー⑧

著／佐島 勤　イラスト／石田可奈

FAIRのロッキー・ディーンが引き起こした大規模魔法によって、サンフランシスコは一夜にして暴動に包まれた。カノープスやレナからの依頼を受け、達也はこの危機を解決するためUSNAに飛ぶ――。

ほうかごがかり3

著／甲田学人　イラスト／potg

大事な仲間を立て続けに失い、追い込まれていく残された「ほうかごがかり」。そんな時に、かかりの役割を逃れた前任者が存在していることを知り――。鬼才が放つ、恐怖と絶望が支配する"真夜中のメルヘン"第3巻。

組織の宿敵と結婚したらめちゃ甘い2

著／有象利路　イラスト／林けゐ

敵対する異能力者の組織で宿敵同士だった二人は――なぜかイチャコラ付き合った上に結婚していた！　そんな夫婦の馴れ初めは、まさかの場末の合コン会場で……これは最悪の再会から最愛を掴むまでの初恋秘話。

凡人転生の努力無双2
～赤ちゃんの頃から努力してたらいつのまにか日本の未来を背負ってました～

著／シクラメン　イラスト／夕薙

何百人もの祓魔師を葬ってきた《魔》をわずか五歳にして祓ったイツキ。小学校に入学し、イツキに対抗心を燃やす祓魔師の少女と出会い!?　努力しすぎて凡人なのに最強になっちゃった少年の痛快無双譚、学園入学編！

放課後、ファミレスで、クラスのあの子と。2

著／左リュウ　イラスト／magako

突然の小白の家出から始まった夏休みの逃避行。楽しいはずの日々も長くは続かず、小白は帰りたくない元凶である家族との対峙を余儀なくされる。けじめをつける覚悟を決めた小白に対して、紅太は――。

【恋バナ】これはトモダチの話なんだけど2 ～すぐ真っ赤になる幼馴染はキスがしたくてたまらない～

著／戸塚 陸　イラスト／白蜜柑

あの"キス"から数日。お互いに気持ちを切り替えた一方、未だに妙な気まずさが漂う日々。そんななか「トモダチが言うには、イベントは男女の仲を深めるチャンスらしい」と、乃愛が言い出して……？

ツンデレ魔女を殺せ、と女神は言った。3

著／ミサキナギ　イラスト／米白粕

「俺はステラを救い出す」女神の策略により、地下牢獄に囚われてしまったステラ。死刑必至の魔女裁判が迫るなか、女神に対抗する俺たちの前に現れたのは《救世女》と呼ばれるどこか見覚えのある少女で――。

新作 **孤独な深窓の令嬢はギャルの夢を見るか**

著／九曜　イラスト／椎名くろ

とある「事件」からクラスで浮いていた赤沢公親は、コンビニでギャル姿のクラスメイト、野添瑞希と出会う。学校では深窓の令嬢然としている彼女の意外な秘密を知ったことで、公親と瑞希の奇妙な関係が始まる――。

新作 **幼馴染のVTuber配信に出たら超神回で人生変わった**

著／道野クローバー　イラスト／たびおか

疎遠な幼馴染の誘いでVTuber配信に出演したら、バズってそのままデビュー……ってなんで！？　Vとしての新しい人生は刺激的でこれが青春ってやつなのかも……そして青春には可愛い幼馴染との恋愛も付き物で？

新作 **はじめてのゾンビ生活**

著／不破有紀　イラスト／雪下まゆ

ゾンビだって恋をする。バレンタインには好きな男の子に、ライバルより高級なチーズをあげたい。ゾンビだって未来は明るい。カウンセラーにも、政治家にも、宇宙飛行士にだってなれる――！

新作 **他校の氷姫を助けたら、お友達から始める事になりました**

著／皐月陽龍　イラスト／みすみ

平凡な高校生・海似蒼太は、ある日【氷姫】と呼ばれる他校の少女・東雲凪を痴漢から助ける。次の日、彼女に「通学中、傍にいてほしい」と頼まれて――他人に冷たいはずの彼女と過ごす、甘く溶けるような恋物語。

空と海に囲まれた町で、
僕と彼女の
恋にまつわる物語が
始まる。
青春ブタ野郎
シリーズ
鴨志田一
イラスト●溝口ケージ
図書館で遭遇した野生のバニーガールは、高校の上級生にして活動休止中の
人気タレント桜島麻衣先輩でした。『さくら荘のペットな彼女』の名コンビが贈る、
フツーな僕らのフシギ系青春ストーリー。
電撃文庫

自分じゃぱんつもはけない。
そんな天才少女の
飼い主になりました。
さくら荘のペットな彼女
鴨志田 一
イラスト 溝口ケージ
学園の変人たちの巣窟さくら荘に転校早々やってきた
椎名ましろは、可愛くて天才的な絵の才能の持ち主。
だけど彼女は生活能力が皆無だった。
彼女の"世話係"に任命された空太の運命は!?
変態と天才と凡人が織り成す青春学園ラブコメ。
電撃文庫

『ロウきゅーぶ!』
コンビで贈る、
ロリポップ・コメディ開演!
Here comes the three angels
3天使の3P!
スリーピース
過去のトラウマから不登校気味の貫井響は、密かに歌唱ソフトで曲を制作するのが趣味だった。そんな彼にメールしてきたのは、三人の個性的な小学生で——!?
自分たちが過ごした想い出の場所とお世話になった人への感謝のため、一生懸命奏でるロリ&ポップなシンフォニー!
蒼山サグ
イラスト／てぃんくる

電撃文庫

安達としまむら
昨日、しまむらと私が
キスをする夢を見た。
体育館の二階。ここが私たちのお決まりの場所だ。
今は授業中。当然、こんなとこで授業なんかやっていない。
ここで、私としまむらは友達になった。
日常を過ごす、女子高生な二人。
その関係が、少しだけ変わる日。
入間人間 イラスト／のん
電撃文庫

〝行商人〟と〝賢狼〟の旅を描いた
剣も魔法も登場しない、経済ファンタジー。
狼と香辛料
支倉凍砂
イラスト／文倉十
行商人ロレンスが旅の途中に出会ったのは、狼の耳と尻尾を有した
美しい娘ホロだった。彼女は、ロレンスに
生まれ故郷のヨイツへの道案内を頼むのだが——。
電撃文庫